新风 自然之美经典文丛

夏日寄思

郭 风——著

郑斯扬——编

海峡出版发行集团

海峡文艺出版社

图书在版编目(CIP)数据

夏日寄思/郭风著;郑斯扬编. —福州:海峡文艺
出版社,2024.8
(郭风自然之美经典文丛)
ISBN 978-7-5550-3766-8

Ⅰ.Ⅰ267

中国国家版本馆 CIP 数据核字第 20249ND745 号

夏日寄思

郭　风　著　郑斯扬　编

出 版 人	林　滨
责任编辑	林可莘
出版发行	海峡文艺出版社
经　　销	福建新华发行(集团)有限责任公司
社　　址	福州市东水路 76 号 14 层
发 行 部	0591－87536797
印　　刷	上海盛通时代印刷有限公司
厂　　址	上海市金山工业区广业路 568 号
开　　本	720 毫米×1010 毫米　1/16
字　　数	170 千字
印　　张	16.25
版　　次	2024 年 8 月第 1 版
印　　次	2024 年 8 月第 1 次印刷
书　　号	ISBN 978-7-5550-3766-8
定　　价	58.00 元

如发现印装质量问题,请寄承印厂调换

郭风：永远的叶笛诗人

郭风（1918—2010），原名郭嘉桂，回族，福建莆田人，中国散文家、儿童文学家。郭风一生笔耕不辍，创作生涯历经60多年，留下大量的文学佳作。早在17岁时，他就开始文学创作，在23岁时，他首次以"郭风"之名发表散文诗《桥》，这为其进入文坛奠定了某种基调。组诗《桥》有一个敏锐的见解——平凡亦是伟大，这个见解反映了他个人的思想，也折射出他所遵循的批评观。1957年，《人民日报》3月号以显著的位置和大块篇幅，推出郭风的《散文五题》。这五篇散文：《闽南印象》《木兰溪畔一村庄》《水兵》《榕树》《叶笛》，集中描写了闽南的自然风光。诗化的闽南不仅是人物生活的背景，而且作为美好生活的象征独立了出来。独特的视角、诗意的语言和丰沛的情感为郭风赢得了"叶笛诗人"的美誉。与此同时，《文艺报》发表高风的文章《叶笛之歌》，首次提出郭风的散文就是散文诗，指明郭风散文的审美特性。这篇评论文章不但激活了郭风内心的感悟，而且也确证了其散文的艺术理性。而后，郭风又陆续发表散文诗《麦笛》《故乡的画册》《海的随笔》等作品，此时的郭风已经在文坛产生影响，他的美学风格也在叶笛与麦笛的合奏中不断吹响。

　　起初，人们多是通过诗化的南国散文认识郭风，但是他散文创作的重要意义在于他完好地发展了五四新文学中散文诗的创作理路。五四时期鲁迅的《野草》可谓"最为杰出的散文诗"，沈尹默、刘半农、郭沫若、郑振铎、张闻天等人译介的屠格涅夫、波特莱尔、泰戈尔等人的散文诗和研究著作对中国散文诗的产生和发展起到重要的促进作用。俞平伯的《冬夜》、冰心的《繁星》《春水》、许地山的《空山灵雨》、焦菊隐的《夜哭》《他乡》等散文诗集，是现代中国文学史上散文诗重要的起步之作，为中国散文诗文体的定型和艺术理论建设起到奠基作用。郭风是中华人民共和国成立后首开散文诗创作之风的作家。关于郭风的散文，有一个引人瞩目的特点：他把地方风物带入创作中，凸显田园牧歌的意境和情调，创造了一个充溢醇厚乡土气息的南国世界。因此，郭风的散文颇具地方特色，这种创作在现代散文诗中并不多见。郭风非常重视散文诗的结构美，他的创作追求凝练、生动、含蓄，给人以深沉的生命感、强烈的归属感、热烈的幸福感。1960 年，上海的《文汇报》发表冰心的文章说："最近，我又看到郭风的新的散文集《山溪和海岛》。它重新给我以很大的兴奋和喜悦！在这本选集里，郭风所描写的范围更广阔了，情绪和笔调更欢畅了。山溪、森林、海岛、渔村……都被迎着浩荡的东风而飘扬高举的红旗所映射，显得红光照耀，喜气洋溢。这些作品是祖国海山的颂歌，伟大的中国共产党的颂歌！"

　　在散文、散文诗集《英雄和花朵》《曙》中，郭风看见光明、追逐光明、描绘光明，他引领读者在曙光里看到民族的荣耀、人民的意志、英雄的诗情。具体到这些文字的传达里，也是意境新鲜、语言洗练、情感充沛。他用光影和色彩表现奔驰的火车、奔腾的长江、闪耀的海景、古老美丽的村镇，将胜利的喜悦推至山川河岳、日月星辰、花草树木以及万事万物之上，从而发展了一种更为细腻的情感，激发了内在经验，形成新的艺术意味。郭风散文集《避雨的豹》以动物与植物为故事题材，是专门写给孩子看的。《初霜》《丘鹬、溪鲫和虾……》等特别看重知识性和趣味性，具有启蒙教育作用，即便是成年人也能从中收获乐趣。在郭风的艺术理想中，自然美和艺术美之间是相通的，艺术价值从被表现的自然之美中升腾起来，不断形成积极的心理价值。写过《郭风评传》的王炳根曾说："再没有这么纯净天真透明的老人了，他的文是干净的，人也是干净的。他就是个小顽童，有一颗孩子的心……"在《我与散文诗》中郭风曾说："我有一个奢望，这便是：我想通过不懈地、持续地运用诗篇，来描绘自然风景美，以表现一个总的文学主题，即人们的内心如何在感知自然美，内心有多少对于光明、欢乐和美的渴望，不止的追求。这些，关系到人的情操和道德。因而，从某种意义上来看，这是表达一种更为宽广的、永久的政治主题。"

1981年，《人民日报》刊发《我与散文诗》。文中，郭风回顾了个人散文创作的缘起和历程，特别指出一个作家的创作风格和创作观点的形成，与他个人所受教养、成长环境、童年生活存在重要联系，可能影响他的终生实践。长期以来，郭风对散文、散文诗的理论问题进行了许多细致的探讨，发表的文章遍及各种大小报刊。概括起来主要分为三个方面：散文诗的渊源、散文和散文诗的文体、散文的鉴赏与选本。尽管这些论述还不能自成一个完善的理论体系，但某些文论，如《有关散文创作的书简》《谈散文诗》《有关散文的对话》等已经系统回答了一系列思想性和艺术性的重要问题，为更好地继承与发展中国散文传统提供了方向性的意见和建议。1994 年，郭风在《文学评论》发表了 31 则极富哲理意味的《散文偶记》。可以说，这是郭风又一篇散文力作，再次丰富了他的散文文体，而且还是一篇别具特色的理论文章，更重要的是郭风将他几十年来对散文之道思考的"秘密"公之于世。它综合了郭风以前在《散文诗创作答问》《格律诗和散文》《散文诗断想》以及《有关散文的评价》《关于选本》等文章中提出的思想，并对其进行系统、深入、精简、凝练的哲理性概括。郭风认为，散文中看到的某种人格境界，乃是作家学识、见识、阅历以及气质、品质之综合一体的最高艺术境界。郭风也正是如此！耄耋之年的他还在用自己的智慧和经验推进散文写作的发展，并大力帮助后辈作家们开拓散文写作空间。可以说，他的创作实践和理论建设为我国的散文繁荣和发展做出了令人瞩目的贡献。

"郭风自然之美经典文丛"共计 5 册，分别是《夏日寄思》《枇杷林里》《海边的早晨》《落日风景》《秋窗日影》。为了更加准确全面地呈现郭风散文创作的成就，我以作品发表、出版的时间先后为序进行选编，力求在有限的篇幅之中，展示郭风从 20 世纪 30 年代至 21 世纪初的创作生涯。各分册的书名直接以散文题目命名，之所以如此，是因为题目本身就是郭风情感力量下的硕果，体现了他内心世界的感受、期待和追求。那些贮满闽南风情的散文诗质朴清新、诗情画意、天趣盎然，是郭风散文创作中最具特色和魅力的部分。这些作品多集中在郭风早期的创作中，因此文丛尽可能多地选择了最具代表性的作品，构成了选集的重要内容。

文丛中以"致 E·N"为副标题的散文，实际上是郭风写给一位女性友人的信。郭风以第三人称，含蓄地道出爱与思念，表达了自己的爱慕之情，但这些信从未向友人寄出。在《郭风全集》中共有 8 篇以"致 E·N"为副标题而出现的散文，文丛选择了其中的 5 篇，从中可以感受到郭风慎重处理情感的方式与严谨的个性。

郭风成长在福建莆田，民间的、乡土的文化和艺术深深滋养着他的心灵，从小就培养起对乡土的眷恋之情，成为他最早的审美启蒙教育。他曾说："这种艺术熏陶所培育的艺术趣味，在尔后我的创作实践中，总是给我以某种提醒，某种召唤，某种启示：应该尽自己力之所及，使自己的作品——在这里，我说的是使自己所作的抒情散文、散文诗，具有浓重的乡土气息，具有民间的、乡亲的情绪。"文丛注重选择表现闽南乡间风光和具有乡土生活情景的作品，构成选集的主体，为的就是展现郭风个人的、自我的和精神方面的个性气质。

文丛的选编过程，就是文学经典化的过程——让更多的人了解郭风究竟是怎样的一个人，他一生中为什么会反复描绘自然风物，故乡为什么会成为他终身灵感的来源。这样的疑问以最自然的方式引导人们走近郭风、走近文学，进入议论和阐释之中，从而进行更新形式的传播。这才是文学经典所追求的理想。

文丛选编内容来自王炳根先生所编《郭风全集》的散文、散文诗卷。诚然，依托《郭风全集》开展选编可以最大程度上避免遗珠之憾，选编工作之所以有序顺利，那是因为我站在了巨人的肩膀上。这里要向王炳根先生致以最真挚的敬意！

在选编的过程中，我还得到郭风之女郭琼芹女士和女婿陈创业先生的支持和帮助，在此特别致谢！阅读这些美文让我收获颇多思索与启发，相信阅读这套文丛的读者，也将与我一样收获愉快与启示。

郑斯扬

2024 年夏于福州

目 录

守着荒寂的山

苍茫的夜，每一分钟的时间都在紧张的守候中挨过。

我站着第三岗位。

一切都是哑默的。只有山禽从翁郁的树林里透出狼叫样的声音。离我的岗位二三百步的地方，火光微弱地闪耀着，那儿，我们的兄弟在烧着吃的哪。

原始的山，绵延着几里长的森林。这里，我们全排的兄弟已经埋伏着，度过七个日子了。白天，为了避开鬼子飞机的侦察，我们隐藏在莽茸的，高过人们头部的丛草里；夜里，呵，越是漆黑的夜吧，越是我们活动的机会：我们能够在崎岖的山径上摸着黑输送粮食，又能一口气跑十里路去刺探敌情，我们在黑夜中，顶着尖冷的风，坚守在岗位上。

我们是在一次和鬼子激烈的交锋里，跟友军失掉联络的。于是，我们埋伏到这儿——

"守住这荒寂的山吧，"我们的排长，个子矮矮的，提着发沙的嗓子说，"趁身上还有热气，咱们总还要咬几口鬼子透透闷气的！"

就这么，我们开始了新的战斗生活。

大地吐出芬芳的气息，清醒了我的神志，枪执在手里，我挺直地站着。在脚下，森林的海随风起伏着，和我的心起了齐一的合拍。

"口令！"

从那通到村庄去的山道里，兄弟们的声音，像投了一颗炸弹一样的，炸开了死寂。

这样，我便知道，一定有着住在这儿的村民挥着汗从敌人的阵地里带来许多宝贵的消息。

质朴的村民，他们靠着土地的丰厚，由于山岭的阻断，几世纪来，一向过着平和的、淡静的生活，很少和外界接触，当祖国的烽火照遍了每个角落的时候，这儿的居民也从东方的古梦里醒过来了。他们已经知道失了家园的惨痛，奴隶生活的可耻。我们到这儿的次日，便有一些住民自愿投进我们的队伍里了。

他们，这山地的住民们，把自己的粮食分了一部分给我们，替我们把枯干的树木砍下，当作柴烧。他们引导我们走路，打扮成卖菜的人，到十多里外的敌占区打探军情。

我站着，渴望新的消息。

在头上，在辽阔的天空里，星星整夜地闪耀，好像感到很大的疲劳似的，一颗一颗地沉没了。于是，在山岗的背后，黎明开始颤动起来，森林、山脊，以及巨大的岩石，都渐渐地显出模糊的轮廓。

过昔，就正在这样的时候，我们便收岗了，但今天命令还没有下过哪。

住在山地里的人是早起的。风带来孩子的哭声、女人的喊叫和别的杂音。

天亮了。太阳沿着山山岳岳投下耀眼的、血红的影子。

"干吗命令还没有下来啦！"

我焦虑地站着。

命令来了——但，那是："迅速地散集到山道两旁的丛草里。据探：敌人的输送车将打这儿经过。记号（以口哨为记）一发马上动作，不得稍缓！"

我跑到指定的地点。蓬茸的青草一直遮到我的项颈。埋伏在我左边的，那个自愿投效的山民咧着笑嘴向我使眼色。

"这一次总要把鬼子猪样的砍个痛快呵！"

我窥视着那一直通到山下去的小径。它是那么峻斜的，在它的曲折和崎岖里，藏着多少的危险呢！

渐渐地，从山下，从隐在丛树后头的原野，轻雷样地传来一阵微响；渐渐地大了，在金属的沉重的响声里，夹杂着傲慢的笑语；既而分明地可以听到，那车轮的声响，穿着森林一直流过来；最后，便看得到，并不少的人马，浩荡地开始攀登着山径了……

"真是一副丰盛的礼物呵，等着吧，咱们要把狗皮都剥起来的！"

鬼子是狡猾的。走到半路时，突然地，放了一声枪子。

但，我们的口哨吹起了；于是，像天陷了，像决了堤的涛浪一样，从青草的丛里，兄弟们一齐跳出来！石头大块大块的，雹样地抛下去，手榴弹炸响了，机关枪连珠炮地嘶叫着，喊叫声，震撼着几千里的原野、村庄、山岳……

"把一切的暴力都扫荡掉！兄弟们，枪对准着敌人吧！"

争求着光明的呼喊！

血的斗争！

这样继续了数十分钟之久，终于，胜利的叫声从我们阵里喊出了：

"我们胜利了，兄弟们！从这一次血的决斗里，我们击坏敌人的输送车六辆，把管车的四十多个鬼子全解决了……"

欢呼声远远近近地沸腾起来。

1938 年 6 月

（首发于《文艺月刊·战时特刊》第 2 卷第 7 期，1938 年 11 月 16 日，收入《郭风散文选》）

地瓜

公路沿着陡斜的山岗向前伸展着。三个月以前，世代生长在这块土地上的主人，已经把公路，把亲手塑造起来的这个村子的动脉破坏了。现在，被挖成的深坑，处处储着积水。正是秋熟的时候，往昔在通到城镇上去的官道上，庄稼人正挑着满筐的地瓜上市去，现在却看不见一个农夫的影子。大地是寂寥的，没有野禽的啼唱，只有秋风里，路旁白头衰草的哀吟。地里的地瓜，经霜的叶子显得焦黄，露出地面的熟地瓜，早给饿鸦啄食了。

三天前，敌人占领了这个村集。望着峻峭的山峦和破坏后的公路，进攻便停止在这里了。当敌人扫荡公路沿线村子的风声扬出了以后，这里的居民便开始把一些粗陋的家具迁移到离此处十多里的山坳里去，那里敌人的骑队是难以到达的。接着，侵略者残酷的炮弹通过朝雾在村子里响起了，自卫团的部队配合着乡间的土枪据险反抗，他们用勇敢、猛烈的火力掩护整个村子的退却。后来，枪声慢慢地稀疏了，最后一批轻家具和妇孺到达预定地点以后，射击便停止了。

敌人的皮靴散乱地踏着村路。瞧着被炮弹击中的茅屋在未熄的余烬里曳着发出焦味的白烟，粗胖的日本军官骄横地狞笑了。他在赞叹皇军的威力。过后，他拍一拍落满战场灰尘的戎装，一屁股坐在一块青石上。兴奋在片刻的休息里慢慢地消失，他感到两腿有点酸软。纵目所及，原野是一片荒凉，征战的雄心无形中打了大折扣。

军官厌恶地蹙蹙眉，好像受了委屈似的突然发怒起来。他站起身来，用长筒皮靴莫名其妙地在石块上踢了几脚，又不耐烦地挥了挥手。那边一个士兵却假装听不见地，突然弯下身解开发着臭味的裹腿。

"马鹿！眼睛瞎了吗？"

军官呼叱着，像饿狼要把人吞下一样的，张开血红的大口。

"哈呛！"士兵接着打了一声喷嚏，才慢慢地包好裹腿，末了，跌跌跄跄地走到军官面前行一个军礼，说道："长官阁下，我的脚糟糕得很，摩擦出许多疮来了。"

"哼，别狡猾——给我弄点开水来！"军官不耐烦地斜视着他的部下，故意把腿边的马刀弄得银铛地响。

"狡猾吗？中国民众才狡猾啦，看看咱们快渴死，水源全给断了！"

士兵像妖巫一样地指着前面一座歪斜的茅屋。一种噩梦似的凶兆掠过军官的心境，那茅屋前面的一口水井，汲水的吊桶早给农人们跟家具一同携带走了，没法带走的扛柱被丢在茅厕里，村间染坊里的老板突然阔气起来，他把染料亲自混着肥料倒入水井里。今天，爱国的理性已经唤醒了商人有关自家利益的打算。

夜色从四野悄悄地升起来。日本军官的脸色显得更黑，更憔悴。这里，中国农人把一切都搬移得干干净净，没有剩下一件东西。用了很大的气力踏开一间瓦屋紧闭的两扉，里面却像妖巫的魔洞，空洞，阴森；垃圾和粪便撒了满地。军官的心变得奇怪的悲哀，他随时都想笑出声来，吐一吐塞在胸中的阴郁。

远处深林里，有夜枭的凄泣，军官禁不住打了一个寒噤。隔壁士兵们的咒骂声总算慢慢地沉寂了，代替了呼鼾和苦恼的梦话。今夜，怕有游击队来袭击吧？这样一想，便全身起着鸡皮疙瘩。他打发了四个哨兵在村口守卫，这才把军毯铺在冻硬的地上，颓丧地倒下去，连垃圾也不扫开，洁癖在烦闷里消失得杳无踪影了。

下弦月已经升到中天，满天的星斗。在下霜的天窗上凝着晶莹的冰点。在异国的寒冷里，想到家乡的温暖了呵！口渴，厩粪便的臭味辣得喉咙发痛。军官摸一摸佩在腰边的干粮袋，牛肉干没有了，里面剩着焦碎的面包屑，撮一把往口里送，没有一点味儿，精神却病态地兴奋起来。

这一夜，日本军官失眠。

第二天清晨，军官打发两个传令兵到师团部去领粮食和子弹。师团部离此处十多里，匆促来不及架设电话，真是令人气恼的。茅屋前面的石阶上有士兵们暗暗地在咒骂，做长官的感到孤独的自苦和一种异样的窒息。

士兵们把最后的一点面包屑咽下饥饿的肚子。他们是被囚在苦难的地狱里了。在烦躁地等待，一分钟比一年还久。这些矮小的异国士兵到处寻找食物，但是连一根烧火的木柴都寻不到；聚了一大堆落叶，一时又苦没有起火的火柴。阴风扫起张张的残叶，像午夜丧堂里的鬼哭，大地在啜泣。

军官倚坐在屋檐下的石阶上，颓丧地眨着眼皮。不能消散的悲苦，像沉重的墓石残忍地压着他的胸膛，胆怯和惊慌好像一群疯狗吃着他的心。战场的辗转和久征的疲乏踏碎了灿烂的梦，帝国忠心的臣子，那年轻的日本军官的头垂下了，他感到幻灭的悲哀！

又过了一个异国漫长的苦夜。天亮的时候，军官满以为传令兵会赶着夜路带来许多鲜好的粮食及子弹，可是一切都使人失望。军官感到自己的生存化成最小的尘粒，在随着凛冽的秋风，滚入死灭的深渊。一直到了下午，那两位传令兵还没有返来。有了意外，在半路遇着游击队的截击吗？

挨不住饥饿，士兵们要来索取生命的保证了。他们围住长官，埋怨和刻薄地咒骂。

对于士兵们越轨的嘲讽，没有留情的指责，军官感到很大的气愤和惭愧。可是看到这样汹涌的群情，又不好怎样发脾气，这真是使人苦恼的事。突然当他避开士兵们监视一样的目光，向荒野的这边瞥视的时候，就在梯田里，在那地瓜的藤蔓里，看到解救的光辉。

"那边满地的地瓜呵！"他指着田野的远处，忽然又沉吟一会儿，感到一种莫名的羞愧，便不自然地自吹自唱道："哼，咱们的粮食快来了，那地瓜是中国民众给皇军的慰劳品啦！"

军官独自怪声怪气地苦笑起来。

在对面那座山峦上，在绵密的松村后边，中国的哨兵已经守候整日整夜了，这正是他们排下的巧计，故意把番薯留弃在田地里。日军偷偷摸摸地爬到地里去，用马刀在发掘甜美的番薯。他们连皮也不削去，狼吞虎咽地掘一个吃一个，觉得比汤圆还好吃。但就在这一会儿，机关枪从山头急剧地扫射下来，一阵紧迫一阵。这一个冷不防的袭击，侵略者来不及还击，匆忙地从腰间摘下手榴弹，只是碰在硬石上或落在自己弟兄的身边，荒野沸腾起来了。

过后，我们的士兵到山下来寻获战争的胜利品，在狼藉的敌人尸堆里，他们发现一个佩着金肩章的日本军官，黄色的制服上涂着斑斑的血污，嘴上还塞着一块未吃光的地瓜。一位中国兵向他的尸身气愤地踢一脚，用枪托把那半块地瓜从嘴里拨下，骂道："连这半块都不给，让你成异国的饿鬼！"

1940 年，莆田

（首发于《文艺阵地》第 4 卷第 12 期，1940 年 4 月 16 日，署名郭嘉桂）

桥

桥

在旅途生活的烦躁和不安里，突然在面前出现了一座桥，便是在零落的小村尽头出现的一座颓圮的板桥，都会给我的心以暂时的、片刻的休息。我知道，踱过了一座桥，旅途便移进了一程……虽然在无涯的人生旅途上，这是多么些微可笑的一程，但用自己的劳苦向前迈进了一程，这时你的心理应该是怎样的呢？也就在这时，我的幻想便飞跃起来。我看见，桥，永远站在那里，一程又一程地，对于你的前进，用现在，把你的过去的脚步和未来联系起来……

当我在这喧嚣的小城市的郊外漫步时，对于醒目地显现在视野里的那塔和桥，我却有这样强烈的爱和憎。那塔，是远远地便希冀人们注意地写在渺茫的远天上；那塔，是虚幻的，可望而不可即的谎言，写在渺茫的远天上；而且，我还有更奇妙的想头：那一层一层地堆叠起来的塔，是代表所谓"功勋"的本身吗？于是，我对于这人世的虚伪有了更固执的憎恶。而那桥，却是那样平凡得没有人关心地，从溪流的这一边跨搭到那一边；地上有比它更真实、更亲切的形体吗？我觉得是它完全不希冀人们说一声感谢地，沉默得像从没在那里一样地躺倒在那里；人们漠不关心地从桥上经过，我们能有法子去计算每天有多少无事忙的人从桥上经过，有多少奔忙的人从桥上经过呢？

而且，有谁来注意桥的坚贞呢？有谁来注意在艰险的溪流上守住最后一刻的木桥的坚贞呢？谁能想象到，那淫雨的夏夜，木桥怎样的和暴涨的洪流抗逆的最后一刻的情境呢……

而在第二天，当人们站在边岸上惊骇于桥的毁灭时，我们是宁愿去体验当它业已明白自己的命运，却有余暇去担心今后谁能继承自己的任务的那一刹那的心理；对于站在岸边上的那些假慈悲者的叹息，我们能说些什么呢？

1941 年

桥的记忆

桥，往往引起我若干亲切的回忆……从城镇到我乳母居住的那座偏僻的小村落，大约要走两个钟头的路程。我到现在还为自己庆幸：我是由农人的乳汁所哺育长大的。我的乳母呵，我在这里不能解释为什么每年我只能到你的村庄三四次（多么可怜的数目）。你老了，你再不能以自己的乳汁哺育我。我记得每次到你身边时，似乎能够预知一样，总会得到你为我留下的许多年糕、红米团和鸡蛋。这些应该是属于小孩的礼物了，当我羞涩地携着满沾风尘的行李回来时，我不去寻找那围绕着城镇的城墙，而却摸索在那荒漠的村野里。我只记得那时雨在下着，冬天的灰暗笼罩在精光的地面上。我在弯曲交错的田路上来回地摸索着，显然是迷失了路了。我不记得那时我是否很懊恼，但我是十分集中着精神来搜寻那记忆中村里唯一的木桥。是的，踱过那桥，只有一条径直的道路通到乳母的门口的……唉唉，当我找到那条木桥时，我大概是来不及去想象在阴暗的矮屋里和刻满着痛苦皱纹的乳母相会时的悲哀和欢喜吧！

在乳母村庄里游玩的日子，我老是欢喜坐在那木桥旁边的阴影中悠悠地、寂寥地默想。村庄里的少女和少妇，也总是在桥下洗衣或淘米。这是任何村落里都会遇到的情景。而在夏天的星月夜，那桥上总是聚集着在那里睡觉或乘凉的农民。

和土地一样，桥是怎样和农民联系在一起……

1941 年，永安新街

独木桥

这旅居的日子，在这喧嚣的山城底郊外漫步的时候，我常有若干奇异的、悲哀的或可亲的想望。是的，我是决意以今后半世的日子在外边流浪，而对着那些势利的目光、探测的目光具有这样大的戒心！也许这一点便是唯一可以拿来作为理由的根据，为什么这些时总会使我想起那陌生的道路、险阻的山岭和黑而凶恶的森林……是的吧，日后的日子该是艰辛的，但我乐意承受！

在我的眼前现出一座黝黯的、连绵不断的森林。也许这是我的一种幻觉，也许我已经有过这种经验，也许这是书本上留给我的印象，总之我仿佛像儿童一样，分不清是梦还是现实，恍惚觉得自己迷失在一座黑而凶恶的森林里了。这里阳光给厚厚的树叶和枝条挡住，到处是令人疑惑的阴影和积在地上的腐湿的败叶以及褐色的沼泽；也许这时周围会闪出饥饿的恶兽，传说里可怕的野人……我迷失在这样恐怖的森林里，唉，这是梦吗？

这是可能的。我坚信：命运这时候便慈悲起来，松了手……忽地我会看见前面闪现一座独木桥，一座跨在万丈深渊上的独木桥。呵，那山间的深渊，为阔大的羊齿植物所封锁；而在它的不可知的深处，流着亘古的、奥秘的水流……跨在万丈深渊上面的独木桥，呵，你该是通到明朗的天地、宽阔的道路上去的独木桥吧？

我想——我坚信这样：在山间，在黑暗的森林里，我们常会不期地遇见这样可亲的独木桥的。

1941 年，永安新街

（首发于《现代文艺》第 3 卷第 5 期，1941 年 8 月 25 日，收入《你是普通的花》）

犁及其他

犁

犁是要用大力推动的。这黑色而沉重的农具，像枷锁一样地套在牛的颈项上；牛被它拖住了，它又被人把住了。

犁是钢铁铸成的，有十多个粗大的、黧黑而发亮的利牙，它一直不声不响地睡在农民家的阴暗的角落里，身上满是灰尘……

它没有镰刀那样小巧，让割草人割下和着露水的新鲜的艾草；不像水车那样会体贴人，让车水的农民扶在杆上面，一边唱歌，一边踏着轮叶，使他们不停地移动着脚步，却不曾走半尺路。

犁是沉重的、无情的农具。

犁套在牛的颈项上；牛迈开持重的脚步，迈开沉默而又微微听得到呻喘的脚步。泥土在它的下面翻起一朵朵黑色的浪；还没有下种呢，土地却早开了花。

犁痕

你们曾经听到世界上最洪亮、最阔大的歌唱吗？

那是用对劳动的虔诚，用汗水谱写出来的歌呵。

那是用锄头，用犁具艰苦地翻着泥土，谱写在土地上面的歌呵。

犁痕，黑色的海的波浪一样，洪亮而阔大地，唱着人类劳动的神圣的歌。

干草堆

在那个为我所思念的国度里：

金色的谷子，农民把它们收藏在仓库里面，收藏在地窖里面。金色的草堆，堆在农民的低矮的茅屋旁边，堆在无比宽阔的田亩上面。

我爱这金色的花朵，像开花在无比宽阔的天空上面的星一样的花朵。当秋天的收获节过去以后，金色的干草堆像天上的星一样，开花在农民的茅屋旁边，开花在无比广阔的田亩上面。

我爱这金色的花朵里面吐出的香味。我嗅到劳动的香味。从这遍山遍野地开着的金色的花朵里面，我嗅到世界上最艰苦、最虔诚的劳动的香味。呵，在那个为我所思念的国度里。

1942 年

（首发于《现代文艺》第 4 卷第 6 期，1942 年 3 月 25 日，收入《你是普通的花》）

调色板

蓝的

我喜欢蓝的……

南方的天空是蓝的，南方的海是蓝的，北方的草原上的冰是蓝的、辽远的，辽远的梦想中的贝加尔湖的水是蓝的……

而在我的记忆里，蓝色的日子，便是朗亮的，好太阳的日子。南方的 5 月的日子是最蓝的，因为蓝色的永恒的情人——太阳已经和我们握手了。

5 月的蔷薇和橙子花开的时候，蜜蜂和蝴蝶出来的时候，南风吹拂着我们的胸襟的时候，太阳和南方的天空结婚的日子，这日子是最蓝的……

蓝色，象征着梦底永久的企望。

草

天空是蓝的，海是蓝的，湖水是蓝的，而草是绿色的。

草原上，草像绿色的天空，草像绿色的海；那绿色的柔软的海波，淹没着白色的羊群、黄色的牛群，而我们常常看见绿色的浪头上面，漂浮着黄色的花朵，那是戴着草笠，结队走过的牧人……

昨天不是为野火烧成焦褐色的灰烬吗？昨天不是封禁在冰雪的下面吗？

受着春风的抚慰、太阳的照射、露的滋润，一夜之间，草原上绿色的生命的海满潮了。

草启示着什么呢？

草启示着生命的繁茂和旺盛。

火焰

最红的是火……

打铁匠用重重的铁锤，锤打着火红的生铁，在火红的铁块上击进出火花。打铁匠告诉我们一些什么呢？他告诉我们劳动的热情，火一样的力和气魄。

而那煅烧着铁块的炭火，炽红的、炽红的……革命者的火热的心，我爱它。

呵，而我又为什么凝视着那山上的野火，整夜不曾睡眠？5月的榴花一样明丽的野火呵，熔金的蛟龙一样蜿蜒在山上的野火呵，它使我想起，宙斯①从黄金的宝座上跌下了，普罗米修斯②挣脱了铁链，从天上取火到人间来。

---

① 宙斯：希腊神话中最高的天神。
② 普罗米修斯：希腊神话中的先觉者，机敏而睿智，从天上窃火给人类。

篝火

——读《塔拉斯·布尔巴》①

篝火是和胸臆阔朗的流浪人居在一起的；原始的，在无比广阔的天空的屋盖下面住居的人，用松枝点亮篝火，在旷野烤烧芬芳的野味……

篝火使我想起伟大的俄罗斯草原，草原上的哥萨克。那个勇敢善战的老哥萨克塔拉斯·布尔巴为什么一枪打死他的儿子安得莱呢？是的，那背叛了自己人的安得莱是完了，"它不名誉地完了，就像一只卑微的狗！"

篝火是明丽的，炽红的；而为生活的种种苦难训练聪颖了的心是坚决的。它唾弃着投降。

而我们现在不是常在夜的深处，围着松枝烧成的篝火，烘干雨湿的破衣吗？

调色板

我在生命的调色板上，大胆地涂着蓝色、绿色和红色……

以天空的蓝色，涂着崇高的理想，以草的绿色，表示生命的强旺和繁荣，以红的火焰燃烧着我的热情和豪迈……

---

① 《塔拉斯·布尔巴》：果戈理的小说。

虔诚而心悸地，我当着生命的画师。

1941 年

（首发于《现代文艺》第 5 卷第 1 期，1942 年 4 月 25 日，收入《郭风散文选》）

雷

站立在海的面前，我是敢和她较量我的胸襟和抱负的。我也常指着南方的深远的蓝天比拟我的梦。但是对于你，我显示着灵魂的软弱的一面。是的，我也许是很软弱的吧？但是，如果有斧头和威吓在我面前挥动的时候，我会把牙床咬得出血地招架和迎接着挑衅……

可是，这也是真的，在你的面前，我服帖得像一个胆怯的孩子呢。

"打雷了，你再——"

记得，我小时一听到这样的话，我再不敢和母亲斗嘴了。我仿佛记得很清楚，那6月的静静的日午，大人们都在竹床上休息着，以消除半天的劳累和对于暑天的倦懒。我们可在果园里用断砖堆砌着塔和仙人的泥屋。忽然天暗下了，一阵风卷起了树叶、草梗和碎纸，但是我们仿佛并不觉得风来了。我们为着塔尖的构思，沉醉在童稚的创造的愉快中。但是，我忽然听见你……你从西北角，那总是为我所害怕的西北角雷雨云中间滚响起来，虽然你的声音还是辽远而隐约的……

我不敢吭一声，面色苍白地跑进房里，用被单包裹着，蜷伏在床角。也许那时我恍惚还曾想着要是有冬天那样厚的棉被盖着身子便好了；也许我在埋怨着窗帘为什么不拉下来呢⋯⋯

终于我心悸地流泪起来：一种童稚的反省，一种儿童时代的最初的忏悔。我胆怯地许愿：我以后再不该未经母亲同意，背地里爬到碗橱上去食赤糖，我再不该把书本塞在神龛后面，独自跑到海滩上去拾贝壳了⋯⋯

我现在还记得一次在舅母的家里，那雷雨的夜晚，（我不能像在家里一样蜷缩在床上；许多同伴还在灯光下面捉迷藏，只有我脸面苍白⋯⋯）住在乡村中的舅母把我紧抱在怀里，说了许多使稚弱的心紧缩的神话，和由这神话带来的中国式的教训。舅母哄着我说："囡囡是听话的孩子，囡囡是文曲星，天火不敢⋯⋯"

但是我仍然畏缩地伏在舅母怀里，一直到那阵雷雨止歇以后。后来年纪渐渐地大了，是到了梦想着花和手帕的时日了。那6月的静静的日午，或者在为那个逃到荒岛上把自己芬芳的头发剪下的少女流泪，或者在想着别的寂寞的心事，我忽然听见你⋯⋯你从西北角，那总是为我所害怕的西北角的雷雨云中鸣响起来，虽然是辽远而隐约的⋯⋯

我一样用被单包裹着身子，缩在床上。也许那时候我并不想什么，也许我并不在忏悔，但我的心为什么突突地跳着，难道我真的做了什么亏心的事？

今夜，又打雷了。那使一切屈服，又像能击破一切的轰响，仿佛就落在房屋前面的院落里，那真的像我们的神话里所说的，这时有黑心肝的人，或是有着美丽的外貌的妖精在那响声下面碎尸段段⋯⋯

但是，这是山国的春雷呢。我第一次在这四围重岭的山城的小村里听到春雷，像在南方的平原上听到 6 月的雷鸣一样。前几天这里还下着大雪。奇怪的是，我竟然渐渐地振奋起来，我似乎喜欢这雷声，我不能再睡下去，我披衣而起。随着那骤雨声音的慢慢停歇，我想着隔冬的草芽已经露出地表，蛰居的虫蛹也在固封的泥土下面蠕动了吧；雷雨之后，明天该是十分明朗的春晴……

1941 年，永安霞岭

（首发于《国民公报》副刊《文群》1942 年 4 月 30 日，收入《笙歌》）

雪

雪，陌生的，但又好像为我所十分熟悉的……

雪，我不是看见过你的吗？在那位有着美丽而睿智的须髯的俄罗斯诗人的小说《风雪》上。或者，当我和幼稚园的六岁小弟弟逗玩时，当我为他们那种用零碎的语言勉强连缀起来的话语所表达的至理所感奋时，我仿佛也在他们童稚的心灵上，看到你的那种至美的纯洁！

是的，我们是熟悉的。

但是我又不能不承认，你，像一位贞洁而美丽的少女，我只听到你的凛冽而又芬芳的名字，我只能用贫弱的想象聊以慰藉相思的痛苦……

雪，伟大的北方草原上美丽的少女呵，南方的少年曾用炭火一样炽红的心思慕着你……

二十几年了。南方海滨的沙滩上印上了我多少野性的足印，南方的蓝色的大海上，我投下多少用贝壳雕成或用白纸折成的方舟；那些方舟上，你知道载上我多少渺茫的，但是深沉的思念呵！

"北风起。大雪纷飞……"

记得当我读到这样的课文时，我再不能安分地枯坐在那窄狭的蒙馆的冷板凳上了。那书本上木刻的插图，引发了童年的对于美的最初的憧憬，对于纯洁的思慕……

但是雪呵，你在辽远的北方草原上，我在南方辽阔的蓝天下面……

今年，我作客在这四围重岭的山城的一个小村里。这里的狭隘和寒冷使我十分难受，我常到对溪的小酒店里去坐谈，和那位瘦小但是度量很大的老头子坐谈。一连几天僵冻的日子，这位酒店的老人告诉我，你要来了……

像那位俄罗斯诗人在另外的一个罗曼蒂克的故事上所告诉我们的一样，我像那位伪装的乡下姑娘在树林里遇到年轻的猎人一样，感到猝然的惊惶，一种恋的甜蜜的心跳……

我怎能够描绘着你呢？要我描绘披盖着所有屋顶、田亩、山巅……的无比广阔的一片洁白吗？要我描绘你来时的轻忽而飘飞的姿态，要我描绘你的美丽的灵魂、纯洁的心吗？

我站立在天宇下面。任凭我们的初会的眼泪的结晶飘洒在我的臃肿的衣装上，对你，我一时竟不能说出一句恰当的话来……

1941 年，永安霞岭

（首发于《国民公报》副刊《文群》1942 年 5 月 9 日，收入《笙歌》）

冬天

我们很欢喜，我们村里有一条美丽的山溪。溪上有一座石桥。溪岸边有梅树，有桃树。

水底有彩色的溪卵石。水中有彩色的溪鱼，结成一群一群，游来游去。我们很欢喜，村里有一条美丽的山溪。

现在，已经是冬天了。下雪了，四面的山，有积雪。松树林的松枝上，有积雪。村庄的屋顶上，铺着雪。村边的稻草垛上，铺着雪。

溪上的桥好像一座白色大理石雕成的桥。溪中的石，好像一块一块白玉堆叠在那里。

站在桥上，站在岸边，看见我们村里的溪流，有多么好看。呵，溪水中照着山的雪影，树的雪影，桥的雪影；溪中照着村庄的雪影，稻草垛的雪影。溪中照着一个雪的世界。

站在桥上，站在岸边，看见溪水中间照耀出来的雪的世界中间，有一群一群彩色的溪鱼正在游来游去，有一群一群彩色的溪鱼，从照耀在溪水中间的桥洞的雪影间，游来游去，它们有多么欢乐呵。

现在，已经是冬天了。下雪了，溪岸上的梅树开花了，树枝上又开着雪花，又开着梅花，照耀得我们村里的松坊溪中，出现一个白雪世界，出现一棵一棵开花的白珊瑚。这时候，我们看见彩色的溪鱼，结成一群一群，从开花的白珊瑚枝间，游来游去。它们有多么快乐呵。

（首发于《现代文艺》第 5 卷第 4 期，1942 年 7 月 25 日）

深林中

我落在队伍后面很多的路了。

而且，更坏的是，我竟已迷失在这树林的深处之中了。

可怕的树林。这个地方，好像从来不会有人来过似的。地上堆积着厚厚的树叶，这些树叶都已腐烂了，发出浓重的霉味；不少白色的小虻蚊，在这湿地上嗡嗡而鸣。上面密不见天，密不通风。树脂如膏油一般地滴落下来，黏在衣上身上，比汗渍更为黏腻。

不少白色，橘皮色的毒菌，生长在树根上，发出一种异样的气味。

树叶织成的厚厚的网，枯老的及精壮的树干和枝丫编成的重重的幕，使这个地带即在白天，也显得昏沉黑暗，而且令人感到恐怖。

何况我现在落在队伍之后，只剩下我孤单的一个人呢。

看看我背在腰边的水壶，中间的水，只剩一点点的了，不敢多喝，即使我的口已经十分的渴。

身上的干粮也只剩不多的了。

但这些都不要紧，主要的是，我的四肢十分酸软，我需要躺下一会儿。

我向四边追寻着。

没有一点声息。

只有一种腐草腐叶之中，传出一阵喁喁的虫鸣。这声音益发增加四周的寂寥。

我带着全身的疲惫在这林中，拖着身子，一步一跛地走着。

四周都是树，树连着树，有如迷宫。好不容易，我发现了一座小小的茅屋。

我想，这茅屋大约是山中樵夫，或是一年中难得几回来到这里的猎人建造的，他们在这中间避雨或休息。

我好像遇见亲人一般的喜悦。我鼓起精神，向前走了几步，马上我好像扑向亲人的怀抱中一般地扑向茅屋。

而奇怪的是，这茅屋的附近，顶上没有繁密的树叶：即从这空隙间露出一块天空。

呵！这可是美丽的晴晚。天上有无数的星星。但是我哪里顾得这许多，一下子和身躺在茅屋的地下睡倒了。

我顾不了一切。顾不了野兽从这里经过时，猛地会扑进来，把我作为它的一顿丰盛的晚餐。不，我已瘦骨嶙峋，就让你，野兽呵，就让你来咬吧，怕也没有什么"好吃"的了……

不一会儿，我就很甜地睡去。

苦难使我忘记了一切，多少日夜昏天暗地的跋涉，使我得有一块甜蜜的睡眠。

恐怕是半夜了吧？我的耳中充满着一阵雨似的滴落声，不，那不是雨，那是繁重的林露，不止地滴在四周腐叶上的声音。我的身上带有火柴，我便爬起来，聚集了若干枯枝干叶，烧起篝火。

　　我在火边取暖，精神也恢复了不少。而且，我想这样的烧起火，那可怕的野兽，也因此不敢来麻烦我的吧。

　　我感到一阵莫名的快慰。我又到四周捡聚了许多枯枝，不时地添到火堆中去，这样火光冉冉地、融融地飞跃着，腾起缕缕的白烟，一直升到高空中去，而我自己却斜倚在茅屋的门前，再度地休息我的身体，充沛我的精神。

　　我是富于幻想的，而这种生活，突然地引起我很大的兴趣。这又有什么办法呢？我难道还忧愁吗？

　　在火光中，许多树林也觉得十分美丽。

　　但更美丽的是从那树林的空隙处，可以望见的一块天空。那里显得极为静谧的样子，有如一块大理石，上面有无数如花的花纹；这是星。

　　我的幻想又飞起来。

　　我想象那一块大理石——那天空，是天国的晒谷场，而那星星，是谷粒。

　　而在这一刻，我又从九霄的天堂，坠入可怕的深渊了。我心情突然显得十分颓唐：一种可怕的怀乡病的痛苦，在啮吃着我的心。

　　我怀念起家来了。

　　一个人在苦难的跋涉，在长途的流亡生活中，怎的不会起了怀乡之情呢？家乡的一草一木，此刻都引起了我的爱恋。在动乱的日子中，一个人如何不期望一点安静的休息呢？

　　我想起家乡的美好、可爱的地方来了。

我记起我们村中那些晒谷场来了。

那可爱的，丰美的秋收的节日呵。

全村的木车都出发了。

全村腾起歌声和笑声；大家为这个收获季节欢呼。木车在大道上隆隆地轰响，有如巨大的甲虫一般在大道上滚过。

木车上载了黄金一般的稻穗。人坐在车前，牛尽了一年中最后一次的劳力（到了冬天，它们同样可以休息了），拉着负重的木车。

这情景是多么动人的呢。

在田野上繁忙以后，接着就是晒谷场上的繁忙了。大家在风谷，在打谷。以后，秋阳如酒一般地铺在四处，铺在晒谷场上：晒谷场上这时满是谷粒！丰美的日子呵！仓库充实了呵！

唉唉，此刻我躺在这茅屋的地上，烘着树火，一边仰望着天空，不禁滴下眼泪。天空多美，有那样多的星星，而家乡的土地是多么令人恋念的呵！

谁使我们离乡背井呢？

呵呵！可怕的灾患呵！

在那肥沃的土地上，我们曾经辛辛苦苦地开垦、种植、耕耘。我们使土地发绿、开花、结实。我们在那里挥汗过，我们在那里劳动过，土地——我们的母亲，田——生我的养我的；那里为什么不会叫我生爱呢？

但是，我们被迫着离开了生养我们的地方，被迫着离开了播种的地方！

这是一种仇恨！

这怎不会叫我们愤怒起来呢?

现在,我竟是一人,孤零零的,有如一位原始人一般,在这林深之处,烧着树火,在熬过这可怕而美丽的夜晚……

土地呵,远远地落在那边……

田呵!仓库呵!我们的砖筑的小农舍,——落在那边……

那边——火烧着……

那边——家畜被劫去,财物被劫去;那边,火烧着……

什么时候可以有我们的木车呢?

什么时候,我们可以在那广阔的,如今晚这个天空一般的晒谷场上,铺晒我们丰富的收获物呢?

1942 年

（首发于《国民公报》副刊《文群》1942 年 8 月 6 日,收入《开窗的人》）

太阳及其他

太阳

太阳，用只有它自己才能放射出来的热，燃烧着自己。

太阳，是永远燃烧的油膏。太阳，是一团燃烧的原体。

太阳，用包含着万物的宇宙做炉，以自己燃烧着自己。

太阳，以自己燃烧着自己，是因为要提炼精粹中的精粹，单纯中的单纯，热中的热，光明中的光明吗？

1942 年

日午

钢和铁一起化为蒸气一样，发烟的日午呵。

太阳的七色光焰，溶化为炫目的白色的日午呵。

这时，一切软弱的，都萎缩下去；一切柔薄的，都苍白失色地瘫痪在那里。

原野上，只有一棵千年的独立树，仍然用硬直的躯体站立在那里。

只有沉思的远山，仍然站立在那里；只有岩石，执拗不动地站立在那里。

只有那和我们一样的村屋，虽然全身褴褛，仍然傲慢地站立在那里。

只有站立得住的，站立在那里。

1942 年

星

蓝宝石一般的；散发着田野的香味的野百合花一般的；散落在热带的荒岛的原始椰子林间和沙滩上的珠贝一般的——

星星装饰了天空。

而在我们这里，

那天真的儿童，那在恋中的情人，那最初陶醉于美和纯洁的人，那在现实和美丽的想象交织的边缘上做着梦和说故事的人——

他们的目光和心灵，

装饰了我们的大地。

1942 年

雨

在蓝得眩晕的炎夏的天空下面，下着雨……

——那是比骤雨更猛烈的，但是没有声音地降落在田亩上的汗雨呵。

那是从我们宽阔的胸膛上，从我们强健的两臂上降落在田亩上的汗雨呵。

汗雨，从我们的濡湿的头发上，沿着我们紧握在两手上的锄柄上，降落到田亩上呵！

——在蓝得晕眩，深得看不见底的日午的天空下面，下着雨。

那是发着碱味的劳动的雨。

——我们，骄傲地站立在田亩上面，挥着劳动的雨。

1942 年

晚风

（一）

我把衣襟解开，那濡湿在我的长发间的汗水已经被你吹干了；那积郁在我的胸间的烦忧一时已被你吹散了；此刻，我感觉流动在心中的思想，好像早晨一般的新鲜。

晚风呵，

请你恣意地吹吧。我要你吹散人们心中的一切劳顿，抚慰人们心上的苦难和伤痕……

晚风呵，

请你恣情地吹吧。看我的情歌，此刻是唱得更加响亮了，看我的步伐，此刻是这样轻快地行走在自己的土地上……

（二）

没有一刻，我的心中是这样的充满了真切的自信；没有一刻，我的胸间是这样的涨满了青春的深切的慰藉。

晚风呵，

我们看见艰苦的劳动秘密地结着果实的时候，我要呼唤着你。

晚风呵，

当我伸出自己粗糙的双手，自己摘下果实报偿自己的时候，我要呼唤着你。

（三）

我相信，如果我们永远不能停止流汗，如果人类永远地憧憬着创造的美和进步。

晚风呵，

你也永远不能停止，在这样宽阔的原野和土地上之无私的吹拂！

1942 年

（首发于《国民公报》副刊《文群》1942 年 8 月 11 日，收入《郭风散文选》）

乡笛

叶笛

我记得，我们村里有一位乡土音乐家。

我记得，他老是沉默，平时不说一句话。而当他用两片绿色的荔枝叶放在口唇边吹起来的时候——

那美丽的笛声，会使你感到一阵微微的惭愧，一阵内心负疚的微微的隐痛，一阵沉默和反躬自问……

我常会看到，他沿着河岸走着。我们村里的小河，像一条蓝色的流动的带子，上面照耀着在天上流动的云絮，像纯白的柳絮一样；小河上面也漂浮着一朵朵白色的柳絮，像天上流动的云絮一样……

我记得，这时候，他吹起他的叶笛。把一种充满着爱和眷恋的情感，吹进那两片小小的叶子里，祝福着故乡的小河、白云和柳絮，和一切有着素淡的心的人们……

我记得，这时候，他吹起他的叶笛，那笛声是多么动听，深入到我的心灵中去。

但是，我记得，平时，他老是显得很沉默，不爱多说一句话。

麦笛

麦笛是愉快的笛子。

麦笛是我们村里每个人都会吹的笛子；是小孩子最喜欢吹的、天真的笛子；是大人也喜欢吹的笛子。

麦笛是捡一支新鲜的、才割下来的麦梗做管子，便可以吹出很好听的音乐的简便的笛子。

呵，吹着麦笛，把收获的欢乐吹出来，把劳动的欢愉吹出来。

把春麦的新鲜的香味谱着音乐吹出来；把田野的露水和朝阳的香味谱着音乐，从那小小的麦管里吹出来吧，把我们心中的梦想和希冀谱着音乐，从那小小的麦管里吹出来吧。

吹吧。全村的集体的音乐团，我们每人手中有一支麦笛；这里，那里，到处吹着麦笛，吹着我们的艰苦的劳作的歌，吹着我们对于幸福的企望的歌吧。

1942 年

（首发于《国民公报》副刊《文群》1942 年 8 月 18 日，收入《郭风散文选》）

海

水手

你的手风琴演奏的是什么呢？你的手风琴弹奏着四海为家赞美的进行曲？你的手风琴弹奏着流浪的没有牵挂的宽舒，对于自由的大地的永远的向往吗？

你的眼睛里也反映着怀乡病吗？呵，不。你梦想着亚热带的骤雨，赤道上的暗绿的椰林，你梦想着北极的夜半的日出，冰山和企鹅的国度吗？

百合花
——咏浪花

从广阔的草原上面，我们看到白色的百合花和红色的百合花。从广阔的天空上面，我们看到星星开放的、黄色的百合花。

而从广阔的海，莫测的海上面，迎着欢呼的太阳和狂热地舞蹈的海水，我们看到明亮的百合花，发光的百合花。

闪烁的、欢乐的潮浪，你细细地观察吧，那是一瞬即逝，一瞬开放万千朵的有着强烈的活力的花朵！

港

慈爱的港呵，白帆和水手的母亲的海港，你站立在黄昏的门槛上，焦虑地期待着还没有归队的渔船；也以惜别的眼睛，目送那远扬的白帆，帆船上的拉缆的水手呵。

我们从远处望过去，看见港湾内有无数黑色的桅杆。那些满缀着补丁的褴褛的白帆也回来了，这些满身披着海洋的长征的倦怠的双桅船也回来了。那些贫穷的渔船也回来了。母亲的海港，以激动的两臂搂抱着她的自由的，永远流浪的子女们，听着他们各色各样的细诉，他们的抱负和在征途上的遭遇的叙述……

在海洋的神秘的薄雾里，初升的红色的下弦月浮起了。船夫们都在静静地睡眠；在海的歌唱里，在母亲的港湾的歌唱里，他们忘记了跋涉的辛酸、他们身受的伤痕，而梦见海以外有更宽阔的海。

永远操心的海港呵，明朝又是非常繁忙的日子呢。那经过一夜的休息，又要继续走上征途的白帆，将趁着潮水满涨的时候，满孕着海洋的风和太阳，在缆夫的力的呼喊里出发呵。

（首发于《现代文艺》第 5 卷第 6 期，1942 年 9 月 25 日，收入《郭风散文选》）

村思

鸟巢

在这僻静的高岭间，在那株高大的枫树上，我看见两个很大的黑色的鸟巢，用许多枯枝编成的、非常简陋的鸟巢。

但是，我知道，那是鸟们的家呵。它们住在那里。我看见过，住在这鸟巢里的鸟们，都艰苦地找来许多枯枝，全参加了建筑自己的家屋的工作。

呵，那的确是很简陋的、没有什么修饰的鸟巢。但是，我知道，那是鸟们的家屋呵。它们聚居在这僻静的高岭间的一棵枫树上……

鸟呵。你们的家屋筑在枫树的高枝间，在这山间，你们最早知道天亮了，你们最早起来歌唱。你们使这山间的早晨，显得更加新鲜，更加富于声音了。

鸟呵。你们的家屋筑在枫树的高枝上。你们能看到我们看不到的地方？你们看到天外的海，海外的天了吗？

我看见，在白天，鸟巢是空的。鸟们结队出去了，结成美丽的队，一面唱歌，一面向远处飞去了；

——我一面望着它们飞去，一面心中想着：它们有素淡的心，心中有一个高远的梦……

炊烟

从我们的茅屋上面，徐徐地升起的炊烟。和平和安息的祈愿一般的，工作和劳动的祝福一般的，那晚上的炊烟。

从我们的茅屋上面，从我们的贫穷的、互相偎依的村集上面升起的，淡淡的，青色的炊烟呵，用没有声音的歌曲向我们呼唤，用心心相印的凝视向我们招手。

于是，我们一起持着锄头从田亩间，从四方八面的田埂上，和我们的牧牛的儿子，一同集合在归家的途中了。于是，没有参差，我们一同集合在进入村庄的村巷上了，使这条村巷显得这样热闹，充满互相体贴的声音，劳动后互相慰问的声音。

舂

寂寞的、单调的、打破村里午后之宁静的，那劳动之不变的持续，那舂米的声音呵。

像村里的榨糖的作坊一样，却小得多；用几根木柱架起来，四脚亭一样通光，里面安放着几个石舂和搭在一根大横木的轮眼上的一些木棒，这便是我们村里舂米的所在了。

呵，它是很破旧的了。那几个石舂已经被摩擦得很光滑了。那些木棒不知道换过多少次了。那些铺着茅草的横梁上，满是黄色的灰尘。

我们终年劳碌的母亲，和因为帮助家务而拖延出嫁时日的姐姐，她们的头发上包了一块布巾，弯身扶在那根大横木上，双足轮换踏着那舂米的木棒……

她们都很晚才回来。我们都还记得提灯去接她们回来的，那幼年的夜晚呵。

寂寞而又单调的、打破村间午后的宁静，那劳动之不变的持续，那辽远的舂米的声音呵。

在那些沉寂的晌午，在我们隐蔽于深山野岭的草寮间时……我以怎样深切的思念，想到你呢！

红烛

在我们的村里，人们从烛光里领受生活的真谛。他们到城里去，总不会忘记带一些红烛回来。

红烛沉默地忍受肉体的苦痛之煎熬，一寸、两寸地燃烧，在发着光和温暖。烛心的高顶，开放着金色的花朵。火的花朵，感情和信念之发光的花朵呵。

面对着烛台上的红烛，我想起在我们村里世代相传下来的人民，他们的舍己和献身的精神，今天，正在发出更加明亮的光焰……

旗杆

那树立在我们的村庄前面的广场上，不知有多少年代了，那高大的石柱一般的旗杆。

——在它的周围，扎着几块雕着云的图案的石础。

高大的、远远便能望见的、高出我们的贫穷而不可侮的村集的屋顶的、表明我们的村集之存在的——我们村里的旗杆呵。春秋社祭，炮鸣五响，在我们村里隆重地升起村旗的旗杆呵。

我们从小知道，我们的村里总是在规定的节日里升起村旗的。我们是规矩的、朴实的；但是，过去和现在，我们都是一样，是不可欺侮的！对于不管什么敌人，他们如敢侵犯，决不饶恕的！

今天，我知道，你对我们村里的尚武精神赋予新的意义和指望。

旗杆呵！在我们村里升起的红旗呵！

驿路

消息紧张的时候，我们把公路毁掉。我们不能让敌人的战车，开过我们的土地！

这样，我们的汽车开到内地去了。我们的汽车开到偏僻的内地去，开到后方的公路上，去运输食粮，运输书籍和水果，去运输军火……

现在，在这里，在靠近前线的地方，我们走的是旧时的驿路。呵，让我们的两肩挑上用汽车载过的东西；在这流汗和战斗的日子里，炼铸一副更坚实的身手，去迎接战争胜利的日子……

井

朴素的充满魅力的井，在我们村里许多家屋的门前都有一口井。

无名的艺术家的精致雕刻，用青色的花岗石，雕成了井栏。那辘轳的木架，以及那在木架上咿唔咿唔地唱歌的辘轳，引起我的想念。

在门前，在月亮和星星没有沉落的黎明前一刻，看见我们的母亲到井边去汲水，看见她的背影，母亲的背影。呵，我的心中有一个井的影，一个母亲的身影。

而我也不会忘记，在我所旅行过的，南方的许多村庄里，像亲人一样恳切地借用一只水桶给我的农妇们。我们的语言虽然不通（她们说当地的方言），但比比手势，大家便互相了解了。

有井的地方，便有住屋，有人和家畜的声音，便不会使人感到寂寞。

有井的地方，便有亲切的互相问候和温情。

呵，那即使只是一口土井：没有井栏，也没有辘轳和它的木架的土井呵。

我记得在旅途中，就在那一口土井边，向村里一位农妇借了一只水桶，我汲了井水，洗去身上的灰尘和劳顿，洗去心上的灰尘和劳顿。

这样，站在井边，我和那位农妇都微笑着。

我总是常常记起村里的井和在旅途中看到的井。

笙歌

我们村里的习惯是这样的：从清晨，吉夕的笙歌便吹扬起来了。那些看上去傻头傻脑的吹打手，你几乎不能相信，他们会吹出神妙的音乐来。

呵，村里的吉夕的笙歌，铜鼓和大锣，笙笛和铜钵，喧嘈而又和谐，一齐吹打起来，奏鸣出久久被压抑的欢情一旦倾泻出来的音乐。

钟鼓齐鸣。喧杂而又和谐的，村里的吉夕的笙歌呵。不知什么时候，在奏鸣中，忽地铙板响了一下，万籁俱寂；随着，那笙笛蓦地以最高音吹奏出来，忧郁的，又富于老人的倔强，笙歌在诉说创业的艰辛；不觉间，那笙笛又以低沉的哀怨的调子，引人想起过往愁苦的时日呵。

唉唉，这是并不玄妙，也非发疯了的东西。那是恰如其分地道出了年轻一代的心思，我们祖父的心思和一切身受灾难的人面对着音乐时的心思。

村里的社戏，总是重复地，叫人厌恶地排演着落难公子的遭遇。而我们村里的吹笙手们呵，却总是以民间的节奏，奏出我们的劳苦的父辈和我们自己的故事！

村里的吉夕呵，笙鼓一齐高鸣起来了。那吹笙手把生命的精力，全部从笙管的肺腑间吹出来；那鼓手把全部精力集中在两根鼓槌上……呵，那是以全部生命的精力，在吹奏着对于生活的今天的希望和明天的希望呵。

碉堡

我看过许多碉堡。当我对于村庄的思念更亲切，指望更殷切的时刻，村里的碉堡呵，你是对于我的一种鼓舞！

村里的碉堡，用石头堆砌的、前代的民间自卫的建筑物。高大的，四边有着四角形的枪眼。它们还没有受着年代的洗刷，依然站立在我们的村里。

那些碉堡，有许多类似的，或者奇特的传说。我们很喜欢和村里的那个神枪手，用稻草铺着床位，一同躺在碉堡的顶楼上，听他说一些祖父口传下来的近于幻想的、传奇的故事。

那些故事现在很普遍地流传在我们的村里，引起了我们对于先人的深沉的敬仰，使那些遗传的尚武精神在我们村里普遍地流行。

在我旅行过的南方的许多村庄里，许多碉堡雄武地散布在我们的土地上。我对于那黑色的四角形的枪眼，十分神往。

我想，我们现在都能够在那些碉堡的枪眼后面，担任了近代的传奇和叙事诗的平凡而重要的角色的。

那些碉堡大都显得很古老。那些用黏土堆砌的石头大半已经剥落；有的身上还负着许多光荣的伤痕，那些临阵的顽强不屈，那些对于守卫的永远称职的记号。

碉堡，代表我们村庄和土地的庄严，代表人民的庄严，和我们的神圣不可侵犯。

守住我们的村，看定偷袭的敌人。

种子

农民把穗上最结实、最圆润的谷粒挑拣出来。像这样饱满的谷粒并不多。

虔敬而心悸地挑拣着，一丝不苟地挑拣着，把那一粒小小的种子放在手上计量着，是把那蕴潜在细壳里面的未来的全部生命放在手上计量着呵。

我看见一个挑拣着种子的农人从额上滴下来汗珠，像他们在太阳下面犁田一样。

农人们是没有锦匣的。他们把那挑拣出来的谷粒，用破布一层一层地包起来，藏在地窖里面最秘密的一角。

于是，他们点一炷心的馨香，沉默地祷祝着。

而当春天来的时候，当布谷鸟在茅屋外面急促地催唤的时候，他们剥开一重一重的破布，把微温的谷粒先倒在一桶冷水里，把那浮起来的太耗的谷粒，也是毫不容情地捞起来，把它丢掉。

把那沉在水下的握在微温的手掌中，和着微咸的汗水，把它丢到土地的怀抱里——埋葬在土地的胸间——它不会腐烂，过些天，它顶着青绿的小帽，笑着钻到地面上来了。它该是新生，它该是农民们衷心的希望。

社祭

村里的少女很早都打扮清楚了。她们穿着只有吉夕和节日

才穿着的，村间的宽阔的红衫。到处飞扬着她们青春的焕发的光彩，她们在节日里特有的明朗的笑声。她们以少女的圣洁的虔诚，挑着酬答神灵的祭品。

庙会的鼓乐，大清早便吹打起来。我们村里的习俗，村社的庙祝大清早便领了吹打手按门挨户地"闹声"，说几句吉利话，全村就都活泼起来。

社戏，也在村社前面广场的草棚里唱起来了。威严的，庄肃的乡枪在广场上鸣了三响，使人想起过去的一天的，使人忏悔的……

于是，我们全族的德高望重的族长，在道士的神秘的咒词里，和着庙祝的虚玄的唱班，把一炷香擎到前额，祝祷着全村人畜安康，五谷丰登……

渗透着人民的淳厚的情感的习俗，社祭的日子，是人民把谷子收藏在仓廪里的日子。

烛

烛是温和的。它的柔光领我们到平和的天地，和宗教家所苦修的安静的境界。

人们从烛光里领受他们生活的真谛，他们到城里去，总不忘记买一些烛回来。

红烛沉默地忍受着肉体的痛苦的煎熬，一寸两寸地燃烧，在发着光和温暖。烛心的高巅顶着金色的花朵。

烛台上的红烛，殉道者一样，在忍受着肉体的煎熬，在发着光和温暖，烛台上就凝固了不成形的红色的烛油。

面对着烛台上的红烛，我想起我们村里的人，他们对于生活的痛苦的忍受。

我用一支火柴根挑着烛心，火焰跳一下失去了金色的花朵，可是我多么企望它能更亮一些呵！

羊

我们有一只母羊和它的满月的乳羊。在我们的畜栏里，常常传来母羊的溺爱的呼唤，和乳羊温顺地走向母亲的没有声音的声音。

在我们的畜栏里，我们怎样的认识了家畜们的生活世界。他们坦诚地说出他们的个性，他们的爱情的争夺和嫉妒，他们的自私，他们的欲望满足后的淡泊的态度。我们知道牛是沉默的，羊是温顺的。

我们有一只母羊和她的满月的乳羊。在我们的畜栏里，时时传来母羊的呼唤，和乳羊走路的没有声音的声音。而且，我知道，在我们的畜栏里，羊们呵，你们常常享受母子互相偎依的，肉体底刹那的陶醉，和爱情的永恒的升越！

在我们的畜栏里，我们怎样亲近家畜们，怎样认识他们的生活世界，怎样爱起他们的。

嫁娶

八月十六日，你们村间的吉夕吗？在前面五里的那个村庄里，我也听到笙歌的吹扬，村里天才的吹打手的神妙的音乐。

多么的富于诗的风趣。那神妙的笙歌，那烦琐而又简朴的仪式，那节日的花花绿绿的衣裳……

我不能不站住脚，从松林后面飞步而来的朱色的花轿呵。祝福你，我以你们村里的恳切的过客，祝福你们琴瑟协调，百年偕老呵。

坐在朱色的花轿里的新娘呵，在这晏尔新婚的良辰，你为什么嘤嘤地哭呢？你的姑姑出嫁时，也这样哭吗？

跟在你的花轿后面的，我想是你的妈妈，你的姐姐妹妹，还有和你一同称为这村里的花的，邻居的同年姐妹，你的最亲切的晚上密谈的伴侣……她们有七八个。轿夫跑得很快呢，她们追在花轿的后面，身上穿着村间的嫁娶的红衣，哭着送你一程……

她们穿着红衫，因为祝贺你有了良伴。她们哭着，因为想到一下子你离开了她们，到那个陌生的人家……而我，你们村里的匆忙的过客，心里也很喜欢，也觉得很寂寞，很难过呢。

（首发于《现代文艺》第 6 卷第 3 期，1942 年 12 月 25 日，收入《郭风散文选》）

一把阳光

阳光

要没有儿童的目光，世上便会多么黑暗啊。

——罗曼·罗兰《7月14日》

有一次，其实不止一次的吧，我在城市的近郊遇到几位小女孩在草地上玩耍。在这样的时候，我的心中便感到某种欢乐。我即使不能加入她们的队伍里，一起唱歌或说一些稚气的故事，但觉自己丧失已久的童心，似乎得到一点恢复的样子，又觉自己的心灵，一时和她们是相近的了。

我说，我们的记忆，有时是像阳光一样的新鲜。或是，因为这些使我们永久记住，不时想起的事物本身就是像阳光一样的东西？或是，那些使我们怀念的日子是注满阳光的？但是，不必去清楚地分析了。简言之，那是许多美好的情景聚集在一起，而使我们感动的东西。

我怎么能说清楚我的印象呢？我只好重复地再谈一下，我曾在野外的草地上，那春天或是快乐的假日里，看见几位小女孩在一起玩耍——然后，让我们慢慢地思索那个令人赞叹的儿童世界吧。

有儿童的地方，便是有阳光和花的地方吧。那些有树木生长的近郊（是的，如果我不能说出一个固定的场所，便让我这样说吧），这时植物都发芽开花了。那些树荫和草地都是很美丽的，好像用一种人们看不见的文字，在编写一首诗。而当我们发觉那里有一些儿童在打滚和做游戏时，便觉得这里面含有更丰富的内容，是人类语言难以表现的了。

然而不管怎样，那些我在近郊野外所见到的情景，那自然和儿童所创造的诗篇，他们中间的沟通和默契，已在我贫乏的想象里，开辟了多么广大的天地。我只像一位小孩子对一张心爱的画片一样，感到单纯的快乐。我看见四周的阳光在我的心中照耀起来。四周的花草都感染着快乐的思想。我看见那些小女孩在草地上唱歌，有两个便站起来跳舞了。

这时，我不止是梦想，而是真实地感到我的生命力好像从来没有使用过、好像才开出来的酒一样，是完全的新鲜，而且活泼。我没有参加她们的游乐会，但是我坐在树荫下面，便是和她们在同样的一个世界里了。

此外，要我再多写一些什么呢？现在我述说这些，好像自己还坐在树荫和阳光下面，觉得幸福是这样贴近我，温存着我。我还记得有两位小女孩从路旁采了野花从我的身边跑过。我收集这些印象，好像捕捉了一把阳光，使我知道纯洁是什么，这将使我终身承受它的温煦。

谷场的寂寞

——记堂弟的一次谈话

秋天到了。那位替我们家收购谷子的乡下远亲出现在我家的厅堂里。一种怎样也说不清的、小孩子的寂寞感便兜上我的心中了。想起来那位乡下远亲是可亲的，是一位很和蔼的老人；我记得他有一个生锈的很美丽的烟盒。但是，在这样的时候，我对于什么也不感兴趣，只是想法子要让自己躲藏起来。

那位乡下远亲来了之后，那些麻袋装好的谷子，好像玩具一般地堆在厅堂的一个小角落里。那只花猫便被系在旁边守望着。这是很使我感到不平的。那只花猫平时都在屋子里，从这间穿过那间，自由地追逐着，嬉戏着，有时便一下跳上屋顶，跑来跑去，随后又从龙眼树的枝丫间跳下来。

于是，一阵真切的难受袭上心来。我从窗口看见天空格外蓝，这是很美丽的秋天的晴日。我知道在我家过宿的那位乡下远亲早上回去了，我听见母亲在门口送走他。这时，我便躲在寝室里收拾书包。在一种说不清楚的思绪里，想思索出一种可以躲开的口实……正在这时，母亲走到寝室里来了，"今天，不要上学去了，"她看见我在整理书包，又爱抚地说，"好好地替我看一天谷子——妈没空！"

那时候，我是怎样的伤心，现在已记不清了。一个小孩子被安排承担一份自己不愿意做的，或者说害怕做的工作，现在想来，心中也会感到难受。我记得那天早饭后，我便和母亲一

起，先是请人把谷子挑到谷场；然后我帮母亲自己把谷物倾倒在砖场上，过后，母亲便回到家中去。我记得，母亲吩咐了一些什么话，便离开了我，但她的话我好像一句也没有能够听进。

这个晒谷的砖埕是在我家附近一个祠堂的前面。砖埕很大，围着短垣。有一道小门通到外面，平素是锁起来的。那些短垣被蜂钻成很多小土洞。我便坐在短垣的阴影下面，那里太阳没有照到。人生中没有比一个小孩子在这时所感到的寂寞，这么深，这么真切的了。有许多工作，儿童可以做的，有一些工作，看来虽然简单，却损伤儿童的心灵。那时，我是八岁？是十岁？仅仅因为大人忽略这份工作是否合宜由我来做，忽略儿童有自己的心理活动，便被投入一种悲伤的处境之中。

现在，我已不记得那时我怎样排遣那种寂寞。记得我的口袋里还有几枚铜板，我原可以把这几枚铜板（铜圆）在路上滚来滚去做游戏，可惜我没力这样做。大约以后是一个瞌睡来了，那是在忍受寂寞，心灵十分疲乏之后。但是，此刻我不再去追想这些了。我只记得，是这样的：短垣里的谷场很静，秋日的天空很蓝，似乎可以听见远处有谁在轻唤，而我在忍受着一种被强制处于其中的寂寞，这种寂寞，于是潜入儿童的心灵中间，一有机会，便会从生活的底层间像沉渣似的浮起来。

摘草

就在那一道篱笆的后面，那一块从去年冬天以来还没有耕耘的土地上面，我看见一个小女孩。

那些泥土看来已经变成坚硬的了，但还长出许多碧草。这些碧草是包含许多种类的，只有目光敏锐的人才能够辨别出来，其中有一种在叶托上不被人觉察地开着小白花，另外一种则开着小黄花，同样是隐秘地躲藏起来的。对于心地严肃的人，会感到那些碧草里，也是一个极广大的世界。

我便看见一个年约十岁的小女孩蹲在碧草间，旁边放着一只小小的竹篮。我不知道根据什么时候得来的经验，一上来便看出她是采摘养兔的兔草。我在篱笆的前面站了许久，但是那些春天的碧草和小花一时没有引起我的注意。只觉得这时我应该安静，而且觉得面向的是一个更庄严的世界。

我不知道那个小女孩在那里有多久。我看见她很少移动过，她甚至坐下沉思，一时放下采摘的工作。过了一会儿，我便知道她对于这份工作有多么熟练。我看见她只把小手一伸，便会在许多杂草里摘下鲜嫩带花的兔草放在竹篮里。那个竹篮已经被装饰得很美丽，好像结婚的朴素的花篮。

在篱笆后面的草地上摘采花草，是轻易而可以快乐的工作。但是一个年约十岁的小女孩（只有她自己一人），那样安静的样子，使我感到不安：她那样地蹲在那里，和我站在旁边观看一样，不是工作，也不是在工作里面寓有游玩的意思！我本可以走到篱笆后面去，在那里和她追逐和嬉笑一回，但我这时的愚昧（我没有走过去呵）倒没有使我想到，那个孩子在一个境地里一时失去了天性上应有的活泼，更感到没有法子补偿的损害！

我不知道我站立在篱笆外面有多久。我看见那个小女孩稍微换了一个位置，过了一会儿，可用小手摘下一支小兔草放在花篮里，这时候，我便感到她好像是消失在一个惯常而没有变化的工作里，那将使幼小的心灵枯瘦。这时，在我的面前，那一道篱笆，和在春天里发青开花的野草，都消失了她们奇妙而可爱的色彩。

歌

直到现在，我还常会想到，好像阴霾的日子，会突然想到在哪里看到的，照在一片草地上的阳光。我觉得，有时我们的记忆，真是像阳光一样地新鲜……

现在我便记起我家的后园，可以听到邻近一个小学校里的铃声，他们唱歌和体操的声音。那是一种令人喜悦的声音，这里面注满儿童世界的活泼和生机。我也常到那个小学校去看看的。我会看到他们在课室里朗读；看到一位女教师在指导他们"轮读"，便是让儿童分为两组，把课文由一组先朗读一句，另一组跟着朗读下一句，这是像唱歌一般的读书方法。我不想在这里说出我有什么发现。但我要说，我觉得只有在唱歌和游戏里，使儿童在那里面见到人生的笑容，才会保持和发展人们纯真的本质，那存在于人的灵府最深处的本质。

我有时也到这个学校里去，我看到儿童的游戏所用的器具，有千秋架、滑梯、摇椅和浪桥；这些都是大玩具。另外，我对于一些幼稚园的学生在沙箱前面的游戏，很感兴趣。只见他们从一张画片上，模仿盖造因纽特人居住的小雪屋，或是依照他们自己的想象盖造一座什么乐园。我又看见许多小学生在嬉逐或在做什么他们构造的游戏节目，那些下课后的一段时间（多么短！）对于他们多么有用！不止是他们的笑声，就是他们有时免不了的淘气的争执，都在暗示我，其中有一种令人称羡的东西。呵，儿童期底睿智的放射，像日光或泉水的放射，又清爽又光明……

直到现在，我还会想到小学校走廊两边粉白的墙，墙上的地图和用彩纸贴上的、富有童趣的剪贴画；想起在走廊中间，那些天真活泼的儿童们向女教师鞠躬；想起他们的游戏场，那里，有时有一位女教师坐在中间弹风琴，让幼稚的小孩一边唱着，一边在心中唤起幼稚的想象力。

而我在家中的后园，也常会听到他们的歌声。这时候，我也会不自禁地唱起来——唱着儿童唱的歌，唤起我心灵中间最优良的一些什么情感。

那些儿童唱的歌，我现在有时仍会不自禁地唱起来。我唱的时候，一时忘记烦忧，感到有一种遥远的欢乐自心中升起来。

1944 年

（首发于《时与潮文艺》第 4 卷第 5 期，1945 年 1 月 15 日）

花的消息

水·番莲花
——致 E.N.

你看见过开在水中的一种小花，看见过番莲花吗？你知道，我更喜欢水中的花。

多少次我渴想到水边小坐（你自然不会说我太闲了）。多少次，我到水边去，不为什么，单是为了注视那水。要我怎样说好呢？使我觉得难过的是，此刻我又不能和你一起来看。可是，那水呵，每次都是这样，像我们一起散步的那条林中的草径，总是那样地充满情趣。

我真没法捕捉那些情景和印象呵。在这片信纸上，我又怎样能够再现那些印象、那些情景呢？要怎样说那些奇观，那投在水中的晴空和行云的影子呢，那些涧边的花丛的影子呢？

要怎样叙说那个水中的世界呢？我写到这里，感到心中有一阵怔忡！那些东西，我们越是爱它，越是感到惊异，越是感到那是太没法说清楚了。要怎样说，透明而又朦胧，平静而又无声无息地喧腾，那个真实而又更接近想象的，那个水中的世界呢？

我还没有向你说起（但怕我还没有能力说得很清楚）。有一次，我和几位小孩子坐在一株大树下面，临着一条清流，我记得很清楚，有一位小女孩用一条小树枝搅捣着水草。而就在这时候呵，她搅动了水中的那个世界……那一刻间的奇观：照在水中的阳光、云影，一刻间内一切的物象，一切的错综，它们在一刻间的千幻万变呵……而在这一切中间，花一般地升起许多水泡，随即又在水平面上凋谢了。

近来你常到水边去坐吗？那些水中的情景，那些有关水的印象——那水的品质，我们当真没法说得清楚的。可是我们不会从水，从它的品质中感受一些东西吗？呵，那水，它不是敢于卸弃一切，敢爱一切吗？

我忘记了告诉你开在这涧水中的一种小花，那番莲花。你看见过吗？她好像是水的精灵，在早晨的阳光里，更显得无可比拟的美丽。

1945 年

草莓

——致 E. N.

在教室的窗外，我可以看到好多的草莓。在 3 月里，她们都开花了。而靠甬道那边，学校新聘来的花匠正在修剪扁柏。我教了课文的一段以后，让孩子各自温习；这一刻间的空暇里，我宁愿注目那些在泥土间自由扩散开去的大丛的草莓。在 3 月里，草莓显得很美。你知道她们首先发了绿叶，从没有人注意到，现在便开花了。

那些野外的路旁和草地上，草莓多得很。这些普通的东西，竟很少有人注意到她们的美质。我记得泰戈尔的诗句："当我们谦卑的时候，便是我们最近于伟人的时候。"那些野花都一样，她们发出淡淡的清香。也许，对于一些哲理，我们能从一些草地上无人注意到的花草上，很容易得到启示。

我很惊异，这几天有这样好的天气，这样蓝的天空，这样明丽的太阳。我看见那些草莓的白色小花，正显得光彩灼灼，可是在这一刻间，我开始发觉，我自己并不是自由的。我被雇佣到这里来干一些什么，不是依照自己的，或者说自然的方法，而是依照别人的意思。我想，我便像那位修剪扁柏的花匠一样，其实是在削减别人的生机！我发觉在这一刻钟内，我管束一群小孩子在一个看来明亮但实是阴暗的室内！我自己不自由，在无意间也剥夺别人的自由！由于这样自省，我惭愧不安！

我从 T 那里，间接地知道，你因为对孩子们太亲切，招致那个雇佣你的学校当局的不满。我很容易明白你的心情的。但是我们要使孩子们到室外去，像那些野花一样，开放他们的天性。

1945 年

植物标本

——致 E. N.

这里开学两星期了。起初的一周天气还是那样热，在开学式上我汗流浃背，好像去年夏季在那条林间的草径上散步一样。可是，正是今年，我觉得秋天这样早便来了。这几天早上很是凉爽。星期六下午我便带领孩子们到郊外去游玩。在一片小树林里，我们停下休息。这树林里静寂得很。唉！我却带来这些嬉笑的种子。我坐在一块石头上，他们便开始散开，各自游玩去了。有的在我的背后稍远处舞蹈，当我转过头去看时，他们便大笑一阵停止了。有的要求我讲一些故事。起始我并没有准备讲故事的。你不知道，经他们一要求，我当真有了讲故事的兴趣了。我讲了安徒生的《小伊达的花》，又凭着记忆，讲了小时候在《儿童世界》上看的图画故事《熊夫人的幼稚园》给他们听……后来他们便开始采摘小野花。他们把采来的野花都送给我！我选了几朵夹在《窄门》里，和那本写生的小画册子里，教他们怎样压制植物标本。

我感到植物学是一门很有趣的科学。我感到，这一门科学该由女教师和诗人来担任。他们对于花草有特殊的喜爱。请不要见笑！我希望自己将来也能在他们间忝列一员！你不能想象在那树林里一会儿的小坐，使我对于周围的植物生活有了怎样深切的领悟。我把这些植物标本带回来，加以整理。以后，我要慢慢地研究他们的生活，他们的语言、爱以及忧愁。

我准备把我的研究写成一本小书，送给你和几位小朋友。而树林，以后我还要再来！

1945 年

（首发于《改进》第 11 卷第 4 期，1945 年 6 月 25 日，署名苏月。收入《开窗的人》）

百合花

百合花
——致 E. N.

　　天气这样的晴美。园中的百合花已经开了。在这一刻间，在已经有些令人感觉强烈的阳光中，白色的喇叭形的花冠，给人一种说不清楚的、冰凉的感觉。那样的洁净，不，不如说有一种严肃的美。对于这，我不能说些什么话，只觉着和她默对着，便是最好的了。此外，似乎一切都是多余的，甚至再说一句便是亵渎的了。

　　我得告诉你，我应该感谢那位小孩子。在春天时，他为我送来那些种子，他和医院那个种花的花匠，有很好的交谊。到了现在，在这园中，除了玫瑰花的令人颇感疲惫的热闹之外，得能享受有这样的一种清静。

　　唉，我觉得那是怎样的一种美德。这白的、冰凉的百合花，我觉得除了在心中叹服，和你谈起以外，竟不敢在口唇上妄赞一词。

1945 年

莎士比亚

——致 E. N.

我天天早上起床以后，喝了茶，便坐在窗前。很久以来，都是很好的天气，在蓝色的天空下面，美丽的大地上，仿佛有人在点着一把圣烛；烛光融融地照亮了四近，灿烂而辉煌。时日的变换，在这许久的日子里，几乎不易引起我的注意。我坐在窗前，读着莎士比亚。这一会儿，我读着他的《如愿》（As You Love），我开始想，我的能力离开它太远了；这就是说，我的知识和人生阅历是如此的不完全和浅薄，使自己感觉得到我实在无力翻开这些书页。但是，虽然如此，我读下去，我还是约略能够窥见这位大师写作之巧妙的机智和他的浩瀚。我仿佛在海岸的一个小小的角落，窥见一点海的容貌——但是，海是无边的、无涯际地向碧空的远方展开……

真的，我无力来阅读它：这大师所手写的完整的艺术品。但奇怪的是，即使我是从被掩蔽的地方（这所谓"掩蔽"，即由于我的生活知识和学识是十分不完备和贫乏），窥看了大宇宙中大海的一角，但已大大地使我惊叹了。

我不止地窥视着，这海洋是太过于奥妙、浩瀚的了。但是，你不至于毫无所得的。海的奇妙也在这个地方。即使是三岁的小孩，他并不因为大海之大和自己之幼小而不想亲近大海——怎么说呢？我是否直截了当地说，三岁，或且说四岁的小孩，也喜欢在大海前嬉戏？是的，在海滩上，拾取了一片贝壳，或是捡到一叶的海藻，那惊奇和喜悦也是永久忘不了的。

唉，我是一位小孩。由于我的幼稚，我竟到海滩上来游玩了。大海在前，我的蒙昧竟使我敢于在海滩上自由地嬉戏。但是，海是无所不容的，因此，它绝不拒绝小孩子的跳跃。

这些天里，你大概已重读了《罗密欧与朱丽叶》《雷门哈特》？什么时候，我把《如愿》给你邮去？让我们一起在大海前面，观赏海的美妙……

1945 年

橘子花

——致 E. N.

还是光明的蓝天，和晴美的阳光。今年的 5 月，竟比往年更加容光焕发呵。我却不能够像那林中的斑鸠，快乐地歌唱。对着光荣的 5 月，我捕捉了一些什么，又给再现在这纸上呢？天色这样蓝，这样的晴美，我只觉得，此刻我的心中，为了想念一个人，很是快乐……

早上，当我上学校去，在一个人家的园中附近，我闻到橘子花的香味。在那稠密的绿叶之间，仅少的开着几朵白花，更多的是未开放的绿蕊。今年橘子花之最初的香味再过一些时候，呵，很快的几天工夫，便要满树披着繁花，好像一个新娘一样。这是我猜想得到的。

（一个花的新娘。我们应该赠送怎样的礼物呢？难道也是一对花篮吗？请等一等，我再写下。）

今年橘子花之最初的香味。是的，我记得有什么话打算告诉你。唉！我要怎样告诉你，此刻我的感觉呢？一阵南风吹来的，清新的香味，一阵橘子花的香味，会唤醒一些什么，在我的心中，会有怎样神秘的感觉呢？让我想想看，这种香味对于我是熟悉的，又是这样的飘忽，甚至是深远的……

你记得戴望舒先生的一首诗吗？在什么地方，我们一块念过，我记得那句子：

这有橙花香味的南方的少年

他不知道明天只能看见天和海

这含有"离愁"的橙子花的香味……

呵，阳光，晴美的蓝天，橘子花的幻梦般的香味，唉，这一切，不如说带回我们的夏天之忆。

5月又重来了。

1945 年

鸟巢
——致 E. N.

园中水池旁边那棵高大的木笔树，现在绿荫如盖。这是一种慷慨的树。到了冬天，满树的叶子，全都脱落。到了初春，开着满树的红花，现在满树稠密的圆形（不，有一点扁圆的）的叶子……

从我能够记忆的时候，便是这样。而且，我记得，常常会有一些斑鸠或是黄莺到这清凉的树荫里造巢。黄莺的家是最精巧的。她不止是有名的抒情歌唱家，她也能够"缝纫"。希腊神话里是否谈及她？我懒得去查了。她的"先祖"应该是一位女神。我说黄莺的巢，是用两片大叶对缝起来，里面放着许多细柔的干草，好像天鹅绒一般地软。巢的上方放开一个小口，借用一个学生在作文卷上颇见天真的比喻，那鸟巢好像一个篮子。还有一种鸟，类似八哥，这里的人叫它"乌极"的，是一种较疏懒和拙笨的鸟。它们巢里的鸟蛋如果被小孩子拾去，不如说"偷"去，它们也不会搬家。呵，这些我都记得的。它们都有一个家。

今年，斑鸠又来了，《圣经》上说，"斑鸠的声音在我们的境内也听见了。"一年中最美好的日子来了。

早上，我发现她们准备在这里造巢，我得避开这里几天了。你知道吗？斑鸠，这是一种机警而且怕羞的小鸟，当她们衔着枯枝飞进叶丛里时，你不能惊动她们，否则，她们永远不会再来。

我这样深地信赖我自己啊！我相信我不至惊动了她们。我已决计躲藏三天，而且已经吩咐家中的堂弟们暂时不要到园中去。那木笔树下有她们自造的小秋千，我感谢她们这种重大的"牺牲"和忍耐。

让我们，你和我，虔诚地祝贺她们的乔迁吧！园中的斑鸠，我已经费尽我的心思了。

1945 年

骤雨

——致 E. N.

午间有些闷热。风转向了，很快地送来一阵雨云。今年第一阵的骤雨来了。

那些花叶怎样欢喜地承受雨点的滴打？那雨水从叶子上滴下来，马上沁入泥土中去。我觉得这一刻间以内，我的园中有一阵紧密的欢呼！而且，在泥土中间，我们看不见的深处，那些错综的根，正在匆忙地工作着，好像秋天时，人们把谷物繁忙地收进谷仓里一样。

易散的阵雨呵，不久，便停止了。你知道吗？这时候开放在空中的，是另外的一种欢乐！我还来不及准确地告诉你，这一刻间以内，存在花和叶之间的是怎样的一种感觉。

那挂在叶间的许多水滴，我想，那是无数贮满着凉水的水瓶。好像一切都准备得好好的了，留待一个更为美好的日子。

呵，在我们互相默念之中，呵，在这样久的等待的时日中，我们也贮满着一些什么呢？

一颗挂在叶尖上面的水滴，那么晶亮！唉，我想搁笔了。借着 5 月的荣光，祝福你！再会！

1945 年

蜜蜂

——致 E. N.

我从学校里回来。我洗了手以后，便跑到园中去。怎样的一种情景，引起我注意？我看见几只蜜蜂在早晨新放的百合花间采蜜。这竟引起我长久的注意。在这中间，存在着如何的默契，怎样的协调，和由此而生的快乐呢？唉，我是说，偶然使我发觉园中蜜蜂和百合花的情感，多少使我惊叹！

他们是怎样的好朋友呢？我这样说了，请你不要笑！我看见那蜜蜂在吸着花房里流出的甜汁，以后便飞开了。我竟想起了《窄门》中的介龙与阿丽沙。我几乎这样想了：那蜜蜂很快乐地飞开了，没有回顾；可是在他们中间，都曾得到一个许诺：明年可以再来。

如果我的记忆不骗我的话，我记得法朗士先生在《波纳尔之罪》里，仿佛也传达给我这样的一种"情绪"；我至少在别的什么书上收集下这种"印象"。你能改正我，和告诉我吗？

1945 年

小花

——致 E. N.

今天，天气好极了。入春以来的第一个晴晌！我的感动，自是不言而喻的。唉，而你，这会儿你在家可做些什么呢？我希望你能够写信告诉我。

天空蓝极了，对此，我想不出好的"比喻"来。如果你不嫌我的"肤浅"的话，我将说，蓝的天，有如贝加尔湖的冰，在太阳光下闪闪作光。你说是吗？这一晌，我没有读书好久了。一个人没有读书，便"俗气"了，有如一位少女没有"恋"一样。

今早，我出去散步。好久，好久，是的，好久以来，我没有到户外去。一切都是新鲜的。空气中有勿忘我花的香味。似乎我能够隐隐地听到信天翁在空中唱歌的声音。

我独自一人，往西门兜走出去。一望无涯的郊野呵。我走过一段独木桥。它快要倾圮了。但是，还好，我走过去，它还在那里；它以自己的生命，对走路的人一直服务到老。

桥畔有小小的蓝色的花朵，蓝得如天，蓝得如米叶的具有田园风味的画中那个拾穗少女的眼睛。但是，我不知道这花的名字。它应该有一个比"勿忘我"花更美丽、更动听的名字。但是，我再说一遍，我可不知道这小花的名字叫什么。

我坐在桥边。我翻了一页随身带来的书：

我不是植物学家，但是我老早就觉得收集草本植物是一种快乐。

我喜欢遇到一种我不认识的植物，借着书的帮助认识它。

下一次在我的路旁闪耀时叫它的名字；若是这种植物是稀有的，它的发现给我快乐。

伟大的艺术家大自然，在万目灼灼下创造普通的花；

即使我们说是最俗的野草，人类的语言中，也没法表现它的奇妙和可爱。

但是，这些是在每个过路人的眼前创造的。

稀奇的花正在隐秘的地方，艺术用更奇妙的心情，另行创造的；

发现它，使人感觉到了更神圣的境界的快乐。

就在这欢喜中，我也觉得敬畏。

请勿见怪，我在这信中大段地抄了梭罗的话。这真是，把我这一会儿的心情——不，这是永久保持的一种心情，完全道出了。

我现在已经把那朵小小的蓝色的无名花朵摘下。我说，我这样做是不对的吧？好在大自然能够原谅我。它的创造是无尽穷的；它，而且永久是如此富有，它能原谅我——原谅把它的一朵花摘下来。我把这朵蓝色小花，夹在书内。

小小的花！

我把它寄给你。请你收下，为了那是我的喜悦。

小小的花！

那是大自然的一份稀有创造，人世中所不能达到的创造，请收下，请笑纳我的礼物吧。

蓝的天空，晴晌的日子，一朵小小的蓝色的花。

我把这些全部寄给你。

1945 年

（首发于《改进》第 12 卷第 1 期，1945 年 9 月 25 日，署名苏月。收入《开窗的人》）

隐花植物

——致 E. N.

我早想把一个消息告诉你，作为我这一会儿沉默的解答，使你相信，我不是懒惰的，原来我有新的发现。

前些天早上，我在园中散步。2月来了。但是，2月来得如此的谦逊。那天早上，我发现了一种怎样好看的东西。唉，我再说吧，怎样的谦逊！我有空时，常来这里，可是现在我才看见她！而且，我深受感动。我还不知道，如何告诉你她的美处。"好看呵！"当时我这样地脱口喊出。好像时间内一切的欢娱、一切的赞扬都集中在这简单的一句话上。现在我也还不知道怎样赞美她。我手头没有植物学辞典之类的工具书，到现在，我叫不出她的名字。不过，我可以判定，她是属于隐花植物的一种。就在这园中，在那棵木笔树遮阴的墙头，便生长着许多羊齿类的植物：这是隐花植物的另一支系。可是我现在要说的是属于更谦逊的一个种属。她不长在墙头，使人易于看见；你知道吗？她从栏杆外面的砖隙间生长出来，以致许久以来，我忽略了她。

我们都知道，隐花植物不会开花的。但是，她们都是那样好看的植物。是的，她们不开花，但并不因此失去人们的爱慕。我不知道，你是否还记得去年夏天时，我们一起去作好多次散步的那条草径上，便生长许多这类的植物。她们有的有像凤尾一样好看的绿色大叶，有的生长在古树的枝干上；我采了一枝送给你的蕨草，恐怕也是属于这类的，那不是极为好看的吗？

我们不在编植物学教科书，要说说她们的习性。不过一时间内我有这样的感觉，便索性向你说了：我觉得所有的隐花植物都有一种特异的个性，她们喜欢生长在比较偏僻的山中。这是怕羞的一种植物！可是一到夏天时，像生长在未受人践踏的路旁野草一样，在那里——崇山深谷之间，她们繁殖得那样茂盛，以致那些山谷，因为她们的蔓延，显得格外深邃。你说不是的吗？她们有一种特异的"野性"！

可是，我还来不及告诉你，现在我发现的一种，是多么的好看，多么的美丽。我所能告诉的：她的叶子为羽状复叶，像一支红色的鸟翎，有一种口唇不能说明的鲜红的颜色——比花更美丽的叶子。主要的，我因她的谦逊、她的端庄而佩服了。她从这里栏杆外面的砖隙间生长出来，显得那样安静。我已经采下一叶，套了一张白纸夹在《波纳尔之罪》里。因为那叶子不含多少水分，所以没有一点遗透在白纸上，而她本身的颜色，也一直保持着那种新鲜！这些天，我没有换过一张白纸。我相信，她将成为一支干净美好的植物标本。

我不要再加多少说明，我想，你会知道她的品性了！可是，我还叫不出她的名字，我来不及去查出她的名字。

1945 年

（首发于《改进》第 2 卷第 3、4 期合刊，1945 年 12 月 26 日，收入《开窗的人》）

土地

一

土地是这样的美丽。

提起你的神圣的名字，我的心中便有一种感情油然而生。你是永远袒护我们的；为了我们的成长，你什么都可以付出。土地呵，当诗人从激动的心间发出炽热的言语，呼喊道："我的乳娘呵！"我知道，土地呵，你的心也是多么的激动。

我们生活在土地上。

我们为什么不会爱你呢？

二

每个早晨，我站在窗前，从大大地打开的窗口，看你，向你道着早安的时候，不由自主地流下泪水。

我看见，那样茂盛的草场，如锦似的铺在大地上。各种各色的小野花都一一开放了。黄的，白的，蓝的，紫的，红的，色彩缤纷。呵！这土地在早晨间开放的鲜花，像在很大的一个花篮中间安放了多少的鲜花呵！

为了你的孩子吗？每个早晨，你给予我们一份礼品。

我走出户外。我从大世界的大花篮中，取了我应有的一份。

我们的母亲——土地呵：

你领受我们由衷的谢意，你领受我们的祝福吧！

三

我看见在那广阔的大地上，到处有果园。那些果园有多么的美丽。许多勤快的园丁，把果树修剪得那么整齐，每棵果树各像一座小小的顶端尖尖的绿塔。

果树开花了。

是的，果树开花了，多么好看呵。好像全身饰以花朵的新娘，正在度着蜜月。

蜜蜂成群来了。在那里，在果园中，新嫁娘献给它们以一杯一杯的甜蜜。

它们回报以一曲爱之歌。

不觉之间，看吧！

所有的果树都结实了。成串的各色各样的果实，结在树梢上。

苹果，多么美的果实！色彩丰富的果实！

芭蕉，沉甸甸的！有多少香甜的果肉！把皮剥下吧！

葡萄，水晶一般的！白的水晶，紫的水晶，发出酒味的水晶一般的葡萄呵。

柑子，那黄色多么诱人！清凉的，香味四溢的柑子呵！

枣，白的珊瑚一般，红的珊瑚一般！

西瓜，大腹便便的果子！躺在绿的藤蔓上！还有丝瓜，具有田园情趣的丝瓜！

还有热带的椰子！还有北温带的凤梨！

小鸟应约而来了。黄莺唱歌，斑鸠呼唤他们的爱侣，一起来了！

小孩子来了。

我也来了。

土地呵，在夏秋之间，一如在春天一样，你给予我们以如此珍贵的礼物。春天，绚丽缤纷的花。夏季和秋季，给予我们多少的果实！

我走出户外了。

我在这礼盘上，取了我应分的一份。

我取了葡萄。那含有太多的糖分的果实，使我的心感到甜蜜，使我的爱情发芽！

我把种子，播在泥土之中。

是的，我播下种子，母亲呵，在你的泥土中。你曾接受我的谢意吗？

我播下了，我日日耕耘，期望它发芽。

四

冬天到了。

我的土地，我们的母亲，你又为我们受难了。北风把草摧枯了，把花掠夺而去。

北风把树上的叶，也都掠夺而去。树上只有赤裸的枯枝。

北风还是不住地吹着。

雪在不住地飘下。道路被封锁了。车不能通行了。交通梗阻，河水也凝结着冰了。

土地呵！

我们的母亲！

你为了我们而受难！

连我们的仓库都埋在层层的雪堆中。北风又更凶猛地吹刮，树枝摇曳。仓库咯咯地响着，北风好像要把仓库摧残，要把它摇倒。

北风以严寒和冰冻来威胁我们。

但是，我们听到你的声音："不要怕，不要屈服！暴力不能永远存在！"

我们听见你的声音，血液更加快地流了。

我们心中萌出信念。

爱情不能摧毁。信念在爱之沃土中发芽了！

土地呵！

果然，春风来了！

雪消退了。

浓云逃了。蓝天久别重逢了！

母亲呵！

你又以花来安慰我们！

鸟歌在窗外已经可以听见了。探春花在湿地开了一朵红花。

母亲！凯歌是你——只有你才能唱的！

1946 年

（首发于《改进》第 12 卷第 6 期，1946 年 2 月 25 日，收入《开窗的人》）

草

我感觉整个教室都显得通明敞亮。这是一个很美丽的秋晴的下午，我把课文授完以后，预算时间至少还有一刻钟，才可以下课。我便让这一段时间留给孩子们自习。我向窗外的那一大片的晴光照耀的草地上看去。我的心情，一时见得很是安宁。我看着那大片的草地，和草地上明丽的阳光；一时间之内，是的，我的心情也见得很是晴明。这片草地，为我所十分喜爱。在这个学校里，我很少到别的地方去走动，有空时我常到这里来的。秋季开学以后，我记得这片草地还保留夏天的青绿。我发现这一大片的绿色，除了一体的和谐和旺盛中含有静谧以外，有时我细细地观察，这中间实在包含十数种的类属。它们都是野草。这是一个笼统的称谓。可是在这中间，实乃是一种多样的调和。这使我欢喜极了。这中间的每一种草，都是很美丽的。有的具有带状的细长的叶子，有的叶子的边缘生出小小的齐整的锯齿，有的扁圆，有的作棱形，有的连叶带茎爬行在地面，而在茎间生下小根，这更能坚固地吸住泥土。它们大半都在开花。那些花都是小小的，我们不留心去看它，便也不能发现到它。花色有的呈淡紫色，有的白中透出淡淡的粉红，有的为黄色。形状更是差异不一。而这小小的花朵，同样也结实的。这些草枳很小，隐藏在叶腋下或叶片间，更不易为人所注意。最近我即在这片草地上发现过，有一些柔软的、白的粉末，和轻的羽毛一般的东西，撒在那草间；有的随风轻轻地飞舞在空中。原来这是草枳成熟了，从壳内迸裂出来的东西，这样的美丽。

这片草地，第一使我欢喜的是在看来似是聚集十分拥挤中，却见得很是宽舒，有次序和安静。每一种草都能在那里生长繁殖。空中下降的雨水，日光所散播的热力，泥土中间所蕴藏的养分，每一种草都有份。它们在这个地方，都有自己的一份地位。它们依照自己的意志，也尊重别人的权益，在那里生长和发挥自己的所能。真的，它们并不是相同的植物。从它们的叶形花色、枝叶的伸展的方向中，可以看出它们的心智、才能、兴趣，一一没有相同之处。它们是各具个性的植物。但是在它们的各尽自己的能力发展当中，我们看出有怎样的一种相让，对于它们的所能和特点，持有怎样的敬意和喜悦。它们同样能够看出自己的努力所得的成就和优点，并且贡献出自己的特长，所以人只能看得出它们相处之间具有如何热烈的情谊。这种互相了解的结果，这种一致，使得这片草地见得这样旺盛，这样谐和，在旺盛中又有一种口唇不易传达的宁静恬淡的情致。我爱它。我看见它们密密地聚集繁殖在一起，它们是不同种属，十分密聚。但我闭目一想，中间这样宽舒，保持许多余地，可以尽其再行发展而有余！我为什么有这种感觉呢？因为我发觉它们各有互相退让的胸怀。看看谁的发展对全体有益，谁能消隐。但是我看见每一株草的叶子及其茎，都是肥沃的，中间含有很多水分的。呵，我看出这里对于它们是多么的适宜，它们对于自己所处的生活环境，同样地感到是多么的愉快。有一次下雨之后，我到那里去，在这片草场上，那情景够叫我多少感动。每一片小叶，经雨洗后，都见得新鲜清洁，都好像从内部发出一种奕奕的光彩；每一片叶，同样从雨中取得一份水分，都那样焕发；使我们看到了，也不能不感谢这场雨水的下注。

我也见到一两只飞蝶，和一两只蜜蜂在那里轻轻地飞舞。我见到它们的次数不很常。蝶是粉蝶或小小的蝴蝶。它们轻轻地上下翻跹地飞翔。蜜蜂振翅嗡嗡地鸣。这片草地上的野花，据我所知，都是那样的细小，不易于觉察。花的香味，也很隐约清远，只在不经意之间才能闻到。它像一丝风，不能捕捉，但能沁入人的心灵，你将永远地记得它。所以我想，到这里来采取花粉蜜汁的蜂蝶，一定要具有耐心，要心平气和，才能够使它们的工作得到效果和满意。当我见到一只蜜蜂，收敛了它本来的暴躁，而能够忍耐地、苦苦地、自信地在一枝叶茎上爬行，在那里运用它的智力，以便采寻一朵隐藏在叶腋之间的小花，这种情景也是叫我感动的。那也许并不甚多，但当那只可敬的蜜蜂找到它，在这个小杯的边缘呷下满口稀有的蜜浆，其乐趣是无可比拟的。我不知道我的观察是否准确？抑或我的偏见使然。当我在花园里见到蝴蝶的舞蹈（看它们在华丽的红花间舞蹈），我感觉那舞蹈是美丽的，那是无数瞬息即逝的线条连续集合起来的图画，那是具有生命的徐徐而飞的线条，何以不叫人生爱呢？我仿佛曾经见过一只小小的蝴蝶，在这草地之前，唱一支生命庄严之歌：它在安静地舞蹈。以后我看见它缩在一片叶上。这种印象，我是不能忘记的。

当时我想，那只小小的蝴蝶，它和开在叶腋之间的小花，是同样的细小。那只小小的蝴蝶现在也成为一朵小花，开在那片小草叶上，开在那一大片的草地上。最近，这片草地开始有些枯焦了。秋天慢慢地深沉了。早晨和夜晚，我们均感到气候的冰凉。每个早晨，披上灰色的大氅的雾，有如一位面容阴沉的少女一般，把她的大氅的长长的衣裙，从对面屋顶上垂下来。这大氅中间不蕴藏着温暖，却漏出水一般的寒冷。不然，在早上便是洁白的凛霜，凝聚在树叶和瓦片上。每个早晨从屋檐那里只传来麻雀的细碎的叫声和远远的钟鸣。我看见草地上的绿色中间透出焦黄的颜色。现在，在这教室的窗外，我看见一大片的清光照耀在这大片的草地上。这敞亮高爽的秋日的日光，照耀得整个教室的内部，都见得光明。当我久久地注视这窗外草地上的大片晴朗，我的心也见得很是透亮。借着这明丽的日光，我看见这片草地上的颜色，现在是显得多么复杂呵。有的如马头上的短发一般地呈着棕色；有的如被火烧焦的羊毛一般，卷曲而褐黄！有的在暗褐中尚透出一些即将同样消失的灰绿，有的全部变灰；有的却仍旧呈着暗绿，这是那一种连叶带茎爬行在地面的小草，它的茎间还生出白色的花。气候凛冽而干燥，空气中所含的水分很少。风吹过的时候，带着金属薄铂振响的声音，这不外是干的树叶的声音。是的，林木和草地都已干枯、凋零。但是现在我看见一大片的秋晴照耀在这一大片的草地上，就像春天的充满希望的日光照在那里，另有一种庄严的美。

1946 年

（首发于《改进》第 12 卷第 6 期，1946 年 2 月 26 日，收入《开窗的人》）

喜鹊

我常会听到，喜鹊在窗外的屋顶上呼唤的声音。不知道为什么，这声音使我感到亲切。

你们是从我们的乡间来到的吗？喜鹊们！

你们呼唤得这样响，这样热烈，好像当真有什么可喜的事情发生了。我坐在书桌前，有时会在不经意之间，听到你们在屋顶上发出的呼唤声。

这时，我的确感到快乐的。我好像听见一位最亲爱的朋友在招呼我一般；是的，我好像听见一位久已遗忘而实乃时刻互相想念的友人，突然来招呼我一般，我感到说不出的快乐、感动和欢喜的。

我不会忘记你们的。听见你们的声音，我便记起我们村间底平凡的早晨。记起早晨的炊烟、低矮的屋顶，还有井以及我们家屋前面的老龙眼树；呵，还有树上的你们的鸟窠（我记得的，你们的窠很简陋，用几根枯枝搭成的），还有窠里白色的鸟，这些，从我小时一直到现在都在我心中保持新鲜的印象。

我们村里的屋子是低矮的，破旧的；屋旁的龙眼树是苍老的；我记得，从我们村里各家屋顶升起的炊烟，总是升得很高很高，升到看不见的地方，化入那蓝天之中……呵，我们村里

的早晨是平凡而美丽的；而正是在这个时候，在早晨你们在村中的屋顶上呼唤起来了。

你看不惯这种永远的平和之生活吗？你感到在低矮的屋檐下面，缓缓地持续的劳作，会使人显得过分沉默和持重，你因此有些忧心吗？

或是，对于这种自古持续下来的生活方式，下面所隐藏的盲目和忍从，感到难过已极，再也不能忍耐？呵，你总是在屋顶上热切地嘶声地呼唤起来。

现在，我坐在这里常会听到，你在窗外的屋顶上呼唤。你是从我们的村间来的吗？这个是使我快乐的。

我自己想，我是了解你的。我感到你和我们村中人民生活，你关注我们村中人民的生活。亲爱的喜鹊呵，我多么爱你！从小我就认识你；我觉得你不喜欢树林之清静，你不在树林里跟旁的禽鸟们唱歌，你老是在我们村中各家各户的屋顶上叫。

你是民间的……

现在，我所居住的这地方是一个城市。离开窗口数十步以外，便为大街。市声隐约地传来。那里人们过着夸饰、昏迷和互相欺妄的生活而不能自拔。每天，我从外面回来，坐在这窗口，苦恼至极。从这个窗口望出去，四围都是民房，灰暗的屋顶，灰暗的相连的屋顶。附近的居民，便在这些粗陋的屋顶下面过着灰暗的生活。呵，不，你会比我知道得更清楚的。人们过着怎样艰难的生活呢？他们的脸色是怎样迟钝而难看的呢？

我常会听到，你在窗外的屋顶上呼唤，在这些灰暗的相连的屋顶上呼唤。

　　我看到的，你还是那个样子：乐天派的哲学家一般的你，还是保持这个样子，穿着白的衬衫，上面加了一件黑的背心；你还是喜欢点着美丽的长尾巴，保持着有点儿傻的样子。

　　你从乡野间来的。现在，你到这个城市里，你在窗外的屋顶上叫喊，保持着同样的热情，和对于人民的关注。你叫得这样狂热，好像当真发生什么可喜的事情了。你同情人们，你看见那些灰暗的生活……但不肯一同哭泣！你总是从痛苦中间，透露出可以快乐的消息！

　　完全没有颓唐。你要人们昂然地抬起头。你是说，我们完全有这种力量的吗？

　　乐天派的哲学家的你，你在我们村间低矮的屋顶上呼唤，在城市的灰暗的屋顶上，激发人心地呼唤，使人昂扬起来地呼唤：你和人民在一起！

　　我们从你的呼唤声里听出一些消息，听出你的渴念，和大家的渴念！你是属于民间的，人民的朋友。

　　我已经很快乐的了！亲爱的喜鹊呵。

1946 年 4 月，福州

（首发于《文汇报》副刊《笔会》1946 年 10 月 4 日，收入《笙歌》）

马车和小孩

　　这是一天中最柔和的时刻。阳光美好地洒在路上，没有白日的炎热。空气的清新，使人感觉些微的沉醉。

　　这时，人们都知道用比较缓慢的步子，在这条路上走过；这时，人们好像都明白过来，不要夺先抢前，大家都因此可以享受到一种乐趣。

　　我记得我已经很久没有自个儿唱歌了，已经很久没有心情来思念心爱的朋友。

　　现在，我自觉心中颇为丰满，趁着这个机会，一些过去之可珍的回忆，一些爱的回忆，可以重来，我们应该感谢和祝福别人。

　　路旁两棵古老的榕树，以生命之最美妙的姿势，在晚风中间，缓缓地摇动着它们的枝叶。你如从树叶间观看天空，那是多么美丽；从枝叶看去，天空好似比原来更为高远，更为宽阔。阳光就从那里，透过树叶，洒在路上。没有什么比这更悦人心目，能够使人想到一些美好的事物上去了……

　　这时，一辆马车从前面向这边开来，带着嘚嘚的马蹄声和低沉的轮声。

　　马车的声音在夕阳和晚风里，好似是富有民谣情趣的歌曲，这好像要使生活的紧张，稍稍地和缓下去……

我看见那个御者高高地坐在前面的座位上。他是一个乡下人，穿着破旧的粗布衣。这是一部空的马车，没有搭客；这也许是准备归家的马车。

我站在榕荫下面，看着马车缓缓地开过去。

不经意之间，一个我没有注意到的、衣服褴褛的小孩子，追在马车的后面。追了几步，便被追上了。我看见这个小孩子和御者说几句什么话，御者点一下头，马车停下了，孩子爬上去，和他并排地坐好。

那马车要带着小孩子一起归家的吗？

我们能够觉察到，在这中间通过什么样的默契呢？

那些贫苦的人们，他们一有机会，便互相帮助。人们中间不再有间隙，人们便一家人一样地结合在一起。就在这个晚上，太阳快要低落下去的一刻，有一种看不见的力量，使人互相拥抱在一起。

马车载着小孩归家。御者和那个小孩并排地坐在前面。就在那阳光的最后的照射里，马车缓缓地向前去了。

我站在路边看着。我看见别人也静默地站在一边看着那马车缓缓地向前走远了。这个黄昏，我感到它多么柔和。

1946 年，福州

（首发于《文汇报》副刊《笔会》1946 年 10 月 7 日，收入《郭风散文选》）

午间

　　每天太阳刚升起来，街路上显得拥挤和嘈杂。灰尘飞扬，阳光在这里，也使人感到极为浑浊似的。我在路边的人行道上走过，脑子里似乎什么印象也没有，除了觉得什么都是紊乱。

　　货车、公共汽车、人力车和"阔人"的包车：很多的车辆，各顾自己地来往。

　　天空看来很蓝；如果换了一个地方，这样晴好的天气，原来是可以使人感到快乐的。

　　是的，我要再说，在这里，连阳光都好像成为无用的东西；从空中照下的日光，好像在追着滚起的灰尘在街上跑。而在这中间，人们有如影子一般地走动；在这中间，人们不要说能够关注别人，对于自己似乎也忘记了是否还存在。

　　一辆黑色的包车，唰的一声驶过，在转弯的地方，穿着黄色制服和戴白臂套的警察举起手来。其实没有他的举手示意，这辆包车同样要通过。太阳看来已升到中天，我觉得背上和额角渗出许多汗粒。在我的旁边，一个路人正在和另一个路人争执。我没有去观察他是什么人，他们为什么正在争执……这原是很平常的事。

　　我走自己的路。但是我会想到：一个人和另一个人争执起来，他们开始厉声对骂，随后可能相互动武，随后又会聚集一大堆在旁边观看的人群。我会想到：一开头如果对他们加以劝解，在这个时刻，原来是多么软弱无用的呵。

我向前再走几步。这个事情我完全忘记了。许多的人各顾自己，有如影子一般地走动。我自己仿佛也是这中间的一个影子。我记得曾经时时用手帕擦去额上的汗湿，但已经不知道擦去的是冷汗，还是阳光的蒸热。

我回到自己的住所，因为日已晌午。我坐在桌前，发觉这里还是比较安静的。看来窗外的天空，那么蓝，还有若干云絮的舒卷。但是，我想到，我已经失去一个上午，我曾经在什么地方失落过自己……

更静一下子，我会想到，怎么人们已经消没了天性？这中间有一种什么不可宽恕的力量？人们背弃谦逊和互助，没有爱情，没有温暖！

在我的住室数十步以外，还是车和人声织成的市声。那里是加深下去的逞强和争执！想到我们是被折磨的，我愤怒起来了！

1946 年，福州

（首发于《大公报》副刊《文艺》1946 年 10 月 25 日，收入《郭风散文选》）

麻雀

那堵土墙上面有一个小洞。后来有一对麻雀搬进里面居住。

那里离窗前的栏杆很近。我看见这对麻雀合作，共同建设这个家的。我坐在窗前，听见他们在那里轻轻地互相呼唤，和交换一种亲切的耳语。他们口中衔着羽毛和干草之类的东西，站在屋檐上面，向周围窥探了一会儿，随后飞进小洞中去。

我看见他们缄默地、机警地、劳苦地着手这一份工作，即建设他们的家的工作，说也奇怪，我的心中会产生一种崇敬的情感。

现在，我还记得他们在工作中间，那种兴奋和喜悦的心绪，我想到他们能够得到住处，我也是很快乐的。

有时，我还站在栏杆的前面，仔细地观望洞口里面的、他们小小的窝。他们用那些羽毛和干草铺成一个小床。那真够称得上简单朴素。

但是这个小小的窝，对他们来说，是已经用下心思和花费许多劳力的。晚上他们可以安心在那里休息。我想到这，心中涌出一阵欢喜。

是的，这对麻雀定居那里许久的了。照直地说，我对他们已经发生一份感情。早上我听见他们在屋檐上啁叫，我相信那是他们正在商量一个去处。接着他们相偕而飞，飞到一个什么地方寻找食物。

我想到，他们过着一种心安理得的生活！我想到，他们靠着自己的劳动，和从生活当中锻炼出来的耐性和经验，换取每日所需的东西。

想起来，他们也有一点奢侈的习性的，只是这种奢侈，也多么令人感到亲切。他们每天都要相偕作一次旅行。这个旅行大半加入那一大群的麻雀中间去，这也许是大家约定的集体旅行。我们往往看到一大群的麻雀掠过高旷的天空，啁啾地叫唤，那真是谈笑风生，心中都多么宽畅！

想起来，这时麻雀像是我的可以称羡的邻居。但是，白天他们很少待在家中。

真的，两只麻雀，他们靠着自己的劳力和见识，到广阔的田野和山林间寻找自己的所需。他们朴素和淡泊，因此——很少吵嘴的吧？我想，有时他们没有加入那大群的旅行，选择一处怎样清净的草径、花开草香的地方，在那里跳跃和散步，还说些什么傻里傻气的话呢？

我觉得这两只麻雀，他们的爱情是常新的！在长时间相处的日常生活里，也没有失去爱的最初的稚气和梦境。

想到这些，我也快活到心中去了！想到只有自由的、宽畅的世界，没有剥削，劳作和心智真正为人看重的世界，人们才能享受幸福！想到这些，对于眼前的我们自己的世界，我真感到极端的痛惜和难禁的憎恶！

1946 年，福州

（首发于《大公报》副刊《文艺》1946 年 11 月 29 日，收入《郭风散文选》）

江

　　木船已经停在滩边。江滩上尽是细沙和一堆堆岩石。我们把她的简单的行李放在这里时，大家还是尽量说些话。

　　她一直显得心情平静的样子。即在谈话间触及她的遭遇，说到那些恫吓，说到她家中设计的种种为难以及利诱时，她一向虽然没有轻视这些困难，但从她那种蔑视的摇首当中，人们会看出她的那种内心的坚定。

　　我曾经默默地在心中为她想过，那些对她的凶险的压力，只有逐渐地使她更加坚定地走上解放自己，走上一条更加宽阔的人生道路，而这种道路，对于别人可能视为畏途。

　　我看见那位教她西洋画的老教授，特地为她送行，这时也走下陡峭的坡岸，走到江滩上来了。船夫正将行李移到船上去。我突然心中感到茫然。

　　她微笑着，和老教授握手。这时，虽然大家都竭力使自己镇静，却都不能抑制心中的激动。

　　"他来的时候，一定会来找你。尽管他能用种种谎言来欺骗我，我却不肯欺骗他；你便直截了当对他说，我已经走了，他们永远追不到我，这是因为彼此走着相反的路……这以后，我成为一个自由的人，可以做出我应该做的事情！"

　　这是那晚她第一次向我提到她已下决心要走向自由地区的愿望时，向我说的话。当时，我虽也看出她经过深思熟虑才最后下此决心，但听了她的话，仍然关切地望着她，因为我感到途中她还要经历多少艰险呵。

　　她看了我一眼，摇了摇头，又对我微笑，说："我得斩钉截铁地断绝我所鄙夷的生活！"

　　我知道，那个旧的势力一定要她屈服；家中一定要把她和一个她所不欢喜的男子联结在一起。

　　"我下定决心了。"她说，"我自己身受这种痛苦，所以，我更明白我们所应当做的事情……"

　　她就决心投入那个为全体人民解放的团体里。所以当她知道那个男子决心勾结恶势力要来捕捉她的时候，她以实际行动，在我们面前表示：将以自己的全部生命追求理想，解放自己。

　　我从追忆中醒过来。我看见她迅速地跳上木船。她微笑着，和我们点头，随即弯身进入船篷下的小船舱了。

　　江是曲折的。她搭的木船，横过江心的堆礁岩，便驶向隐在那道山崖后面的江流中去。我们真的从此和她别离了？

　　那位老教授这时坐在滩边的一块岩石上，好像他需要坐在那里很好地休息一会儿。他尽量地吸着烟斗，烟圈浓浓地遮住他的脸孔。

　　我们都没有交谈一句话。江面上传来激浪打向礁岩的响声。我们的呼唤，这时也不能够为她所听见了。

　　这江滩上面的江岸上，有一条小径是我们时常走过的地方。岸壁很高，丛生高茎的芦苇。芦叶为夏日的炎阳烧成焦褐色，而又密密地连接着，遮住我们投向江面的视线。

不知怎的，我想起这江边的荒漠的景象；不知怎的，我想起在江岸的小径上走过时，江面上什么都不能看到，只有江的激怒的吼声，隐隐可以听见。有时我们和她一起行走，竟没有说一句话，但心中有什么相同的心事、又有什么相同的理想，使我们的心在沉默中更加靠近？

不知怎的，我想到我们和她不曾离开过。仿佛我们的视线可以透视那崖壁和苇丛，看见载她的木船沿着曲折的江流向前航行，即便通过击打礁石的激浪时，船身也很平稳。

我想到在今后的战斗道路上，没有谁来羁绊她了，"我想，我可以做出我应做的事了……我成为一个自由的人。"她的话在我耳边响着，我想到她将在为全体人民解放的战斗事业中过着幸福的日子。

等到江上升起淡淡的薄霭时，我们才突然感到大家在这江滩上已停留许久了。我和一位友人扶着那位老教授走上岸坡。在回去的一段路上，他没有说一句话。

1947 年

（首发于《大公报》副刊《文艺》1947 年 1 月 14 日，收入《你是普通的花》）

木棒

　　那堵土墙上有一个小洞，一对麻雀住在里面。土墙就在楼前不远的地方。一道屋檐遮在上面，可以避风。土墙朝东，早上阳光照在那里，我可以看到洞内的小巢明亮而又温暖。这个小巢以干草和一些羽毛铺成，刚好可以安顿它们两个小小的身体。

　　我看到这个小巢，便有一种说不清的感情油然而生。它们这样简朴和谦逊，使我欢喜。而它们也真是有识见的，只是找到一个可以躲避风雨的处所，便认真地把家庭建设在那里。

　　每日早上，它们便相偕飞出寻食。除了早上，其余的时间，我很少看见这一对小小的飞鸟。

　　可是，我已经对它们发生感情，觉得它们是我的可亲的邻居。

　　为什么有这种感情？我自己也没能够说清楚。我怎样会有这样一种不合时宜的趣味呢？我怎的会常站在栏杆前面，看望它们的小巢呢？

　　我看见它们比翼而飞，飞过蓝天，要飞到什么地方去呢？照直地说，我的心中有一种淡淡的、暗暗的恋慕之情。每个早上，我听见它们在巢前互相呼唤，甚至会想：那是爱情的语言，那是恰如其分地互致关切之情。我几乎要喊出："好呵，好呵！"我似乎为它们的生活，感到十分欢喜，但我的心中又似乎极端地苦恼。

这对麻雀已经住在洞内很久的了。它们能在里面安心住下，对我是引以自慰的。我想，我尊重它们，它们也对我没有轻看的。可是我要记下这个禽鸟世界的一件事情，和我自己做出的一件轻佻的举动。这个举动想来真是可笑，使我惭愧，也给我极大的一个启示。

有一天，我在室内听到一阵噪叫。这不是快乐的表示。我听见这叫声包含愤怒、争执和责问的意思。我没有听见它们这样烦躁地叫过。我立刻走到外面去看望。

我看见这对麻雀合力来扑击一只我不知名的小鸟。这只小鸟我要说它丑陋极了！我叫不出它的名字，我只看见它的身体比麻雀大些，羽毛是黑白相间的，它想侵占这对麻雀的小巢。它顽强地想飞进那个小洞里去。它才要飞进，这对麻雀就鼓噪着，从两个方面合力飞近这只丑恶的鸟，用嘴去啄它；它飞开了，接着又要飞进去，这样两方相持了许久，都没有结束……

我在楼上的栏杆后面看到这情形，愤怒至极。我尊重这对麻雀，它们平时过那样简朴的生活。现在，它们受到侮辱，那只恶鸟公然要来占去它们的居处。

我忽地走进房里，取出我的手杖。这是一条木棒，当我看到那只可耻的小鸟又做出卑劣的行动，又要冲进麻雀的小巢，那两只麻雀从旁极力啄它时，我举起木棒挥下去，想居高临下地把那只鸟打死。这鸟机警地逃避，一下飞出高高的土墙之外去，看不见它。而那两只麻雀失神地飞逃到檐上，在那里抖着两翼惊异地看着我，和我的木棒……

而我，我也失神了，我的"帮助"成为我的愧疚。没有想到木棒成为这对可敬的麻雀目中新的威胁！

不，不仅仅是威胁，我想，我挥下的木棒，我的行为损害这对麻雀的自尊心，损害它们的尊严，它们不需要我这种突如其来的、未经它们同意的"帮助"，它们心中有信念：会把那恶鸟赶走的！

这对麻雀现在还住在那个洞内。每日早上，它们很早出去，很少待在家中。它们飞过蓝天，飞到什么地方去寻食，在什么花开草香的地方休息。早上阳光照在洞内，我可以看到洞内的小巢明亮而又温暖。

我想，它们早已忘记那件事情。它们简朴和谦逊，而且因为它们是快活的——对于快活的鸟们，它们的善良的心地不能担负不高尚的事情！

我从此件事中得到启示。我想忘记此件事，但我不能做到。

（首发于《大公报》副刊《文艺》1947 年 1 月 14 日，收入《笙歌》）

蜜蜂

我想起这么一件事：一只蜜蜂飞进我的室内的事。一天，静静的日午，我坐在窗前，为外面一片晴美的日光，心中感到沉醉。

我不知道什么时候，我的耳际充满嗡嗡的声音。这种声音，听来是熟悉的，亲切的。但我没有去注意它。过后，我听到这种声音显得焦急，甚至变成愤怒的了。

随着，我看见一只蜜蜂在玻璃窗上碰击着：它扇动自己的翅膀，想从那里飞出去。它在不久前迷了道路，飞进我的房间里来？

我看见它在玻璃上撞了好久，都不能够飞出去。后来它在房内冲上冲下地旋飞，那完全失去花间采蜜时的快乐的样子；我觉得它像一个性急的小孩子，心中的思绪完全纷乱了。有一回，它碰在天花板上，全身打了一条弧线地落在壁上。

我想，它是从上面换气的小窗间飞进来的？我的心中也感到不安，希望它能够很快找到出路。

我看见这只蜜蜂几次飞回玻璃窗上；它一定觉得迷惑，那里不是一片阳光吗？怎样的，它不能够飞到那里去呢？

我把窗打开，它就飞出去了。起初我感觉有些怅惘，随即我觉得格外之快乐。我看见这只蜜蜂，一条直线地飞到空中。我知道，在一个什么空旷的地方，到处充满着阳光，蜜蜂要飞到那里去了……

我常常地想起这件事。

想起蜜蜂是喜欢阳光和花的，想到这只蜜蜂从窗口飞出，回到自由的自然界，它心中会是怎样的快乐！我想，我们来想象这种快乐，也是一种很大的乐趣。呵，我甚至想，说不定它这会儿更能深切地告诉它的同伴们，这样一个自由的世界，是多么可贵，多么美丽；采蜜是多么快乐的事情。我想，它会说得多么动人的呢！

我想，那些蜜蜂采蜜的地方，我仿佛也到过的；我记得那些地方：有的是开着草莓的白色小花，有的是开着一大片金色菜花的菜圃；是的，那些有花开和有阳光注满的地方，真是多么美丽，而且正是蜜蜂飞去的地方……

现在我就想起那只蜜蜂，它迷了道路，飞进我的房内来。现在我还记得它在玻璃上热切地碰击着，想从那里飞出去。

我常常想起这件事情的。像它那样地想投向光明，像它那样地想回到自然界的自由、宽阔的天地中的急切心情，我感到多么亲切。

1946 年，福州

（首发于《大公报》副刊《文艺》1947 年 1 月 14 日，收入《郭风散文选》）

鹰

——怀一位战友

我看见好些小孩跟着那个人走到这条街道的尽头，我便走上自己的路。我不知道那个人要走到哪里去。

那个人挑着一只鹰。这只鹰已经失去自由了。它的双翼被绑在扁担上面，由那个人挑到城里来。我不知道，它要被挑到别的什么地方去。

我看见它的有力的嘴，好像铜铸的一般。它的两只犀利的脚爪缩在丰满的胸脯之下，好像两只拳头一般地紧握着。它的圆睁的眼睛，它的可以从千尺的高空看到地上的秋毫的眼睛，现在显出一种仿佛是十分安静的眼神……

呵，我不知道，它现在心中正在想着些什么呢？万里的高空在哪里？海在哪里？暴风雨在哪里，战斗在哪里呢？

我没有看到它身上有什么受伤的地方。它身上的羽毛还是那么美丽、干净，发出光泽。

我也没有听到它的呻吟，或看到它在挣扎。我仿佛觉得它还是那么矫健，那么猛鸷。我仿佛看见它的特别锐敏的眼神里，此刻显出一种安详的光芒。是的，这时，我仿佛想到当它战斗停止之后，在蓝色的空中的悠闲的盘旋……

呵，不！我不能这样设想，这样的设想对我来说，毋宁说是一种痛苦。当我看到它的展开着的巨大的两翼已经没法搏击时……呵，当我的目光真正地接触到这只鹰的眼神时，当我看见它的眼睛深处在一刻间内突然转暗！呵，这时我看到什么呢？我看到它在回忆过去，或在想象未来？或者，我看到它单纯为现在的威胁和被羁绊而感到羞愧，悔恨它自己在战斗中的傲慢和对经常埋伏身边的危险失去警惕心吗？

看到那个人走到街道的尽头，我便赶紧走上自己的路。

1947 年

（首发于《大公报》副刊《文艺》1947 年 1 月 14 日，收入《你是普通的花》）

落叶树

我可以望见远远的那边，有一片树林。我站在楼上的栏杆后面，还只能够看到它们的树梢，底下为远近的高墙和屋顶遮去视线。我常常在楼上看望它们，觉得它们是多么美好。我想那是好多棵大树集合起来的树林。它们的树梢把那边的天空装饰得那样好看。我不知道它们是什么树。在整个的夏季、秋季，以及气候仍甚和煦的这南方的初冬，我都看见它们枝叶茂盛、高大、强壮。现在我看见这个树林里面，有几棵是落叶树。而这几棵落叶树中间，依我看来，至少有两个种类。一种是枝条显得很细密的，一种则显得粗大疏落。现在这些落叶树和那些仍然枝叶浓密的常绿树，自然有致地交错在一起，在我的心目中，认为这使得那片树林的风景更为好看了。

那座树林中间，常有一种烟霭氤氲着；我要说这不是能够传达的风情。那烟霭，灰的，青的，有时看来润湿，有时轻而稀远，有时浓些；落叶树间的烟霭显得淡些，藏在常绿树间的常是浓些；有时连同后面的天空一概都浸淫在雾霭中间，只见得树木的模糊的影子。早晨是一个模样，夕间是一个模样；就在同一时间内，仔细地看，都有变化。我常常站在楼上看它们，感觉它们所构成的世界中间，真是蕴藉得多么丰富。不知怎的，看到这座树林中的落叶树，在这寒冷的冬季，坚定地、凛然地站立着，心中产生一种崇敬之情。

近些日子里，天气逐日显得寒冷。天色常常是阴暗的；我站在楼上看，感到四周都是冬日的颜色，深沉而又暗灰。远处那座树林里的烟霭，也显得更加浓重似的了。但是，在那一大张融化于四近苍茫之中的、霏霏的烟般之幕中的那几棵落叶树的形影，却好像比四近的一切都更明显地站立在那里。我看到它伸出的枝叶，向天空间顽强地伸展着，心中为此感到亲切和愉快。我仿佛听见它们在对我说："我们的叶子都在这个冬日的寒冷中消失；但是我们的心中有不能消失的热望和信念——我们的枝上将要发出新芽，要蓓蕾开花……"

是的，在这阴暗而寒冷的冬日里，我总感到在自己的四近，常会发现能够鼓舞我的力量。呵，那远处树林间出现的落叶树，它们好像每日都能对我有某种启示。我看着它们，感到每日都能有所得。

1947 年，福州

（首发于《大公报》副刊《文艺》1947 年 2 月 24 日，收入《郭风散文选》）

花坛

我想起在离我家不远处，有一个花坛。说是花坛，只是一间小小的房屋坍塌以后，没有再造起来的荒地。现在我便想起那个老人，他有爱花的癖好，在一块荒地上栽种许多花木。

那个花坛临着一条偏僻的小巷。要说它和这条小巷有点距离，就是那没有倾倒的墙基，使它高出路面一两尺。也因为这个缘故，现在它给我的印象，像一个砖砌的花坛。对于花，那位老人好像没有偏好，什么花草都收集过来。我觉得那个花坛没有能够走动的地方，满满地种着花草。那繁殖在地面的虎耳草，在许多油绿的枝叶上面开着白色小花。

那位老人不会为别的什么所分心。我看见他蹲在许多花草之间，松泥或者摘叶。那种专心的样子，使周围显得更安静。他没有花盆，大半的花草都种在地上，或则，他利用断砖败瓦围成小小的三角形或者不整齐的椭圆形，在里面种下向日葵或是芍药。那位老人还独自劈着许多竹篾，在泥土上面编成几个不规则的圆锥形，一些茑萝的青藤和小叶爬在上面，而且在上面开花。

那些向日葵显得高大，大片的绿叶都鲜明地从枝条上向外伸张，玫瑰和芍药花的色泽是比较夺目的，别的花木都有它们各自的韵致。在这中间，给人们更多的印象是一种安静的和谐。

午间有一大片的阳光照在花坛的上面，从阴影和花叶的明暗之间，这个花坛顿时显得那么富饶，但仍旧那么安静。那片阳光也照在老人的身上，我看见他还是蹲在那些花木之间，久久地没有站起来。他大半在修理花枝，但是这时他运用心智更多于动作。许多次我曾驻足在那里，望着老人和那片花草。不知怎的，那个花坛，使我思索的机会更多于赞赏。我想，一个老人栽种花木，不是为了看花，而是从栽种里，对于持续地运用心思感觉乐趣。

1947 年，福州

（首发于《大公报》副刊《文艺》1947 年 3 月 28 日，收入《郭风散文选》）

荒废

我记得有一个地方，在一个时期里，我每天都要经过那里。那块地带给我的印象是破败不堪。一条公路从中间通过，刚好是雨季，那公路都变成泥泞了。

那些坍塌的房屋，人们已没有能力重新建筑起来。没有完全倾倒的，人们便以几块木板钉上，和用木柱从旁支撑住。这样暂时还可居住，还可暂时栖身其间的。那些支持破屋的木柱伸到路面上，行人让避汽车的时候，即从斜撑那里的柱头下面走过。

大半的地方都成为荒地。这些荒地上都是瓦砾。我想，本来有好些人家住在那里的。他们没有回来，他们能在别的什么地方找到栖身之所吗？那些碎瓦残砖也没有人来清理过。每次我从这个瓦砾堆旁边经过时，我就有一个想法：这个地方难道永远不能再建筑起来吗？难道这里只能够变得更荒废，变得更污秽？那些瓦堆上面已经开始倒放垃圾，开始发臭，放出污气来了！

我看见许多小孩子，蹲在这片废地上，在那瓦砾堆的中间玩着玻璃球的游戏，他们只有八九岁的样子。他们衣服破烂，面孔污秽，只有眼睛是孩子气的、澄澈的，看来是聪明伶俐的。

他们的声音显得快乐响亮，他们还没有为苦难所纷扰，或则他们就在游戏中忘却苦难？我曾经站在旁边看了一下。他们在地上挖了几个窟窿，从这个窟窿把玻璃球用手指弹到那个窟窿中去，弹得那样灵活，那样巧妙，那样熟练！但，他们是趴在这样污秽的地上做游戏！

现在，我又想起那个地带；我忽地觉得那些木柱不能支持多少时候了，那剩下的若干民房通通要倾塌了！现在，我又想到那块废地上，那些小孩子趴在地上，兴趣极高地在做玻璃珠的游戏！几乎还可以听到他们高喊和争执的声音。真的，我为此难过极了！想到土地的破烂和荒废，想到那些儿童，因为贫穷失去教养，想到他们的幼年时间都成为荒废，我感到我们所承受的灾难不是暂时的、仅仅属于这一代的，灾难是多么深，多么沉重……

（首发于《大公报》副刊《文艺》，1947 年 4 月 4 日，收入《郭风散文选》）

巷

我每天都得走过一条小巷。这条小巷是黝黯的，湫隘的，路面高低不平的。我记起那些下雨的日子，那里便积了许多泥水。就在晴天，那些积水也很少干掉。我想，这个城市的天空里间或也发出明亮的阳光，但这条巷子是整年显得黝黯的。到了明年的雨季，那小巷两边的破旧的低屋，如果再没有加以修缮，那将要变成怎样的呢？

但是，人们不是正为今天的日子，有了极大的忧虑吗？人们怎样有工夫再去设想明天和后天的事情呢？

每天我经过这条小巷时，心中总感到凄恻、不安。每次闭目一想，我就很清楚地看到人们是过着怎样暗淡的日子。我想，有多么长久的岁月了，苦难一直落在人们的身上，而人们又怎样的在忍受着苦难呵。看不见人们的脸上有一丝笑容，人们胸中的一颗心也是暗淡的。

每次我从这里经过，很少能遇到一个人；那些破烂的低屋总是紧紧地关闭着，里面没有传出什么声息。人们都到哪里去了呢？人们很早出去，到很迟的时刻才回来；他们到什么码头去，或到堆积什么破烂和垃圾的小沟边，去抬货物，或捡拾什物去了？人们能找到容易损害身体的、艰苦沉重的工作来做，便算是最幸运的了。真的，我经过这条小巷时，白天里没有听到一点声音！这条小巷，怎么会变得这样寂静和沉默？这使我十分难堪。难道真的没有抗议、谴责，甚至连质问都没有吗？

（难道真的就这样：只见人们把自己的房门关闭，出去在垃圾堆里捡拾些什么——人们没有依靠，没有人来关注吗？）

我感到，我也没有什么要说的了。每天，我从这条小巷里走过，难道始终只能见到那阴暗、那湫隘、那不平的狭窄的路面，只能见到那低屋的关闭的木门？难道我始终不能听到什么声音，这里只能显得如此死寂、沉默的吗？

但是，有时我感到，这条小巷两边的土墙会摇动起来了，感到什么事情要突然发生了，会听见在不远的什么地方，有人众在骚动起来了！

1946 年，福州

（首发于《大公报》副刊《文艺》1947 年 4 月 11 日，收入《郭风散文选》）

安命

在这个城市里，我好不容易找到房子。这是一座小小的楼房，我占有楼上的两个房间。说是两间，实际上是一间较大的，中间用板壁分隔一下罢了。简陋自不待言。白天真是热得要命，我几乎不能够工作。

到了晚上，我才稍为能够做一点事情。一想到这个地方，尚有分寸之地，暂时由我自由处置，我还有喘息的地方，便深为自己庆幸。

在许多场合，我们似乎已变得知足安命的了。这是一种福气。想起我们国土若干哲人的名训，自古相承，到了现在，其影响范围如此广大，我只得无可奈何地苦笑。

但是，不知怎的，我的心中又总有一种说不出的不安。

从窗口望去，四围都是民房：灰暗的屋顶和这个城市所特有的高大的防火墙；数十步以外便是大街，我还可以看到一些电线和电杆木。我开始发觉，此外再没有别的足以点缀这里四周环境的东西了。天空也是平庸的，不是蓝，便是阴暗，成为一块凝定的矿物质之类的东西，压在人们的头上和心上。我的视线不能看得很远。四周的几堵防火墙，一下把视线和天空截住。

只有宽阔的地方，没有遮蔽的地方，才可以见到不能言喻的、宽阔的天空之微妙的变幻。那时我们才可以自由思想，人民也真正可以得到快乐和幸福。

我想，人民是艰苦的；人们疲惫地过着日子……

白天热得眩晕。我再要向窗外瞭望一下，没有足以使人心神爽快的东西；没有绿的树叶，看不见红花。接目所见的始终是那些灰暗的屋顶。有时在那些灰暗的屋顶上，突然使我发觉，那里有什么变换，那是：我看见一个瘦小的女人，伸出半截身子，在一根竹竿上晾着破旧的衣裳。这只能使我觉得四周是更加破旧、衰败……

现在我又想起，每天出去，或从外面回来，要经过一条小巷。那是湫隘、发出臭味、路显得高低不平的小巷，平日总有许多药渣丢在路中。白天，我看见几个赤膊的男人，睡在低矮的竹躺椅上。人们早已学会，即便在这样的地方，也可以安心地睡觉。

我回到自己的住处。我坐在书桌前，随手把关闭起来的小窗打开。从窗口看出去，又是灰暗的阴云，低低地压在空际，云隙间现出一颗两颗零落的小星。这使我知道天已暗下来了。天气的阴晦，和外面带来的一种说不出性质的心绪上的黯淡，使我觉得现在我所处的地方如此丑陋；这个房间如此狭窄！不知道在什么时候，我已把电灯扭亮，可是心绪这样不安宁，我觉得这个夜晚，我又不再能够工作。

不知在书桌前坐了多久，我又向窗外望去。阴晦的夜晚！天际仍然盖着浓厚的云块。夜色又将外面染成一体：看不见电杆木、防火墙以及附近的民房。突然地，连自己也吃惊起来，我站立桌前，奇怪地叫："这一切不能欺骗我！那里是加深下去的艰苦、贫穷和破烂……这一切不能遮蔽我的眼睛！"

再一下，好像四周的一切，都抗议一般地出现在我的眼前。我看见那灰色的民房，比白天更破旧；我看见那个瘦小的女人，比白天更衰弱；我看见那条小巷，比白天更污秽、湫隘。一切好像都被吞没在夜色中间，不，这一切好像都站立起来，喊道："我们不能再忍受，我们不再被欺骗……"

我加入他们中间："我们不要这种丑陋，我们要公平的待遇！要快乐！要幸福！"

土地震动起来……我醒过来了。原来因为白天的疲累，这下我正伏在桌上睡了一会儿。回忆刚才的梦境，我苦笑起来。为排遣寂寞之故，我向自己开玩笑："我不再被欺骗下去了！我不再要你这个鬼鬼祟祟的板壁！"

但是，我再也抑不住心中的凄怆，我住在灰暗的屋顶下面。我想起，这个夜晚，我不能工作，我的心绪业已无法安静……

谁还能安心地坐在桌前呢？

闪电在空中画了一道火线。这烦躁的夜晚，下一阵暴雨也许是人心所快的！

1946 年，福州

（首发于《文艺复兴》第 3 卷第 3 期，1947 年 5 月 1 日，收入《郭风散文选》）

医治

　　那里有一个医生，一个在街旁摆摊的医生。有时，他的周围会围了一大堆人，于是他便装模作样地说话。

　　我每天都要从这条小街经过。

　　这是一条僻静的小街。大半是灾民居住的地方。服装堂皇的人，少见从这里经过。这样正好，这个医生选择一个这样的所在摆起摊来。

　　是的，那里往往围着一大堆人。有男的，也有女的，都是衣服破烂的贫民，还有住在这一带街道里的小孩子。我看到这种情景，心中总感不安。我说不出心中发生同情，或者嫌恶。看到这种情形，只觉得我是软弱无力的。那人堆里常常爆发出哄哄的大笑。那是这个医生说了笑话，或者故意吹牛得有点破绽，让这些人大笑起来。现在我已经明白，这样的江湖人物，最明白某些市民的心理；他们便用这种办法，以取得某些市民的某种欢心。

　　人们是贫苦、饥饿，在精神上节节被中毒。这些难道我不知道吗？一如在若干破旧的屋前，看到那些活泼的街头孩子，趴在泥土上玩弄玻璃球的游戏一样，心中只有难过和忧愁。可是这都是多么软弱无用的感情呵。

有一天午后，我又看到那里围着一堆人。说不出什么原因，使我也加入那个人堆里去。我看见一个黄瘦的中年妇人坐在那里。上领解开，靠近左肩的地方，露出一个很大的肿瘤。黄腐发臭的脓水正慢慢地流淌下来。她痛苦地，不，完全没有表情地坐在那里。

她呆如木鸡地坐在那里。这个医生正拿着一帖膏药，向围观的人说些什么话，我没有听进去。我只看见那个病痛的妇人，显得完全迟滞的样子。她正在受医治，可是既看不出对这个医生持着信任，也没有怀疑的样子。

我想，那真是被生活恫吓和被折磨得没有感觉，完全麻木的生命吗？

我不知道，我怎样挤在人堆的中间，大约我正在旁边烦躁地搓搓两手。这个妇人有如木头一般的迟滞表情，和这个医生的絮聒，使我发生一种说不出的不安的感情……

我看见，周围的人都惴惴不安地站着。

可是，正当其时，这位医生把一帖膏药贴在那疮口上，差不多在同一时间内，这位医生唰地在腿上打了一响，说道："包好！包你在两天内可以肩挑！可以挑担子！"

我想，只有这样的医生才知道说出这句话的。这，有如郁闷的阴霾间射出一道日光；这，给生活濒于绝境的挣扎，赋予希望。围观的人众都宽慰地笑了。这种宽慰是由衷的，可以尊敬的。这种对于每日生存之绝望的挣扎，正为大家所共有；他们是身受这种苦难的。我看见那个妇人把阴暗的目光转向这位医生。她向他看了一下。我怎么也不能忘记这种目光，但这种

表示感谢的目光，看来也是灰暗的，麻木的。

　　没有什么能使这个妇人激动的了！呵，她真是完全麻木的，即使将希望放在她的心上也没有用处的吗？

　　我惆怅地走开了。这位医生，深知人们的痛苦。至于我，这一下似乎更了解这位妇人的绝望。我离开那里，这时候才领悟到，我自己似乎也受到一次致命的嘲弄。

　　我知道，一堆人散开以后，在那位医生周围，又要再围上一堆人群。

1946 年，福州

　　（首发于《文艺复兴》第 3 卷第 3 期，1947 年 5 月 1 日，收入《郭风散文选》）

桥

走过被破坏后又重新用木板架搭起来的长桥，架搭在伸入内地的浅海上的长桥，我的心突然地感到沉重起来，感到暗淡起来。纵然我是怎样地憧憬着这一次的远行，但现下我毕竟是离开那为自己所熟悉的土地，每天在一起笑谈的朋友，和那一间小小的但是明净的房间了呵。我没有转回去的意思，我不至脆弱得那样。但是它们是怎样地在我的眼前闪现，在我的眼前闪现而我又捉摸不到呵！

我伫立在桥头。我在那里伫立得很久，我没有去注意陆续地从桥上经过的行人，也没有去注意那正在汹涌地潮涨的海水。我的眼睛注视得很远；我的视线好像要穿过那些整齐地排列在街的两旁的房铺。我坠入辽远的、迷离的梦里……

挑着我的简单的行李的是我的一位邻居。我们儿时曾一起在蒙馆里受着"启蒙"，后来不晓得在什么时候各自分散了，不晓得在什么时候他成为一位细木匠，而我成为一个——唉，应该怎样说好呢？像每一个壮健的乡下青年伙伴一样，他是那样的乐天知命呵。他一点没有奇异我的奇异的沉默，他絮叨地谈着又谈着，而我此刻的心和他的心有着那样大的距离呵！

　　桥呵，我频频地回首看着，那联系着乡土又使我远离着乡土的桥呵！

1941 年

　　（首发于《现代青年》第 5 卷第 5 期，1947 年，署名郭望月。收入《开窗的人》）

乡人

　　我遇见这样多的乡里人。他们陆续地，结队着从这条山径上经过。这里不是已经渐渐地转入那荒僻的山地里去吗？在我们的前面不是已经涌现着逐渐地推移过来的层叠的峰峦吗？这里，已经远远地隔离着家乡里那广袤的平野，正在翻耕的田亩呵。

　　我遇见这样多的乡里人，他们陆续地，像上元节到东岳山或梅峰去进香一样地结队着从这条山径上经过。他们一律挑着六块或四块的"豆饼"。是的，现在是播种的季节，土地需要着养料呵！但是，那些海盗们封锁着我们的海洋，他们抢劫去运载来的面粉和肥料……他们妄想使我们饥饿，也使我们的土地饥饿呵……

　　但是，在这里我遇见这么多的乡里人，他们一律挑着四块或更多一点的"豆饼"，那土地的养分走向家乡……一切磨难和胁迫都不能够使他们离开生活的真理！这些眷恋着土地而又是土地的固执的崇拜者呵，他们用自己的粗拙的双手，痛苦而虔诚地创造着自己的命运。

　　他们是那样的朴素，他们把袖管和裤管高高地卷起；他们用家乡特有的喉音笑谈着，吐诉着对于生活的朴素的愿望。我和他们擦身而过，但是我把头低下来；对于他们，我感到隐微的愧惭和一种内疚的隐微的刺痛呵！

1941 年

（首发于《现代青年》第 5 卷第 5 期，1947 年，署名郭望月。收入《开窗的人》）

山鸟

现在，我行走在蜿蜒在群山中的被破坏后的公路上，有时路子转进石板铺成的旧时的驿路上去。这里是真正的山岭地带了；这里是怎样无尽地层叠着的山峦呵；像波涛一样地起伏的山之海呵！那些单纯一色的葱绿遮盖着山上的一切。满眼的绿色呵，好几里好几里我没有看到一座村屋，即使是低矮又复坍塌的村屋。

但是，在路上频繁地传来那永远不感疲倦地叫唤的鸟鸣；那声音亲切地引致着我的隐秘的怀念。当我在友人的寒碜的屋子里寄住的时候，每天早上都听到这样的鸟鸣。是那样羞涩的山鸟，那样丑陋的山鸟，全身披着黑色的羽毛，躲藏在暗绿的莽丛里；那样不善于辞令，却是那样热情，呕着心血的呼唤呵！

我想起呵……我朋友的手头跟我一祥拮据，我寄住的那间房子的周围跟这里一样荒凉。夜以继日地，我们两人对坐着，用缄默的眼睛对语。山风要摇倒我们的屋子，晚上的星星对我们只有揶揄呵……但是，当我们听到那呕着心血一样的艰难的鸣唤时，我们都把眼睛转向外面去……

没有一个人喜欢它的鸣叫，谁听到这样的声音都会皱起眉头的。但是那声音是怎样地激动我、鼓励我又引致着我的隐秘的怀念呵……

1941 年

（首发于《现代青年》第 5 卷第 5 期，1947 年，署名郭望月。收入《开窗的人》）

山店子

天暗下了。不晓得是向晚了，还是云霭遮去了过午的阳光，在荒僻的群山中，我们对于时间的感觉是这样的迟钝。总之——天是暗下了。那边一阵雨很快地要给风送到这边来。我们加快了脚步。那些林木也疑虑地抖动着。雾的网从山顶撒下了，用雨线串贯着的雾网从山顶撒下来了，我们的额顶上滴了几点雨……

我们刚好在山店子里歇下脚，大雨便降下了。山中的那些万千林木摇撼着，呼啸着的声音，那些像从千百个决口一齐倾泻而来的山洪的声音呵……白雾遮盖去了一切，这宇宙看来是这样的窒息，却又是这样不可测知的空漠呵……

山店主人的胡子花白了，但是山中的风和阳光把他的眼光磨砺得那样有神。我一下子躺在他的床铺上，感到一种微妙的舒适。他的床铺是用稻草铺着的，又铺着补衲的棉被；他铺得这样的整齐，这样的清洁，就是这种阴湿的雨天呵，我也嗅到阳光的气息和稻草的干香的气息……

我喝着老人泡好的清茶，老人也在我的对面喝起来。他的话便滔滔地谈起来。他的见闻是那样的丰富，他谈到这儿的风光，谈到作物，谈到今天的抗战，谈到昔日的驿路和今天破坏后的公路，谈到运输和物价，他叹息着，摇头着……

我慢慢地注意到这位老人是爱好整齐和有着洁癖的。我看到他烧茶用的炉子和奇特的钢罐，看到他那把手造的猎枪，看到他的木箱，他的长大的锯子，奇特的锥子和削好的竹篾……一切放在角落上的，挂在低暗的墙壁上的，都是那样的整齐和服帖……

他好像已经注意到我对于这屋子里的事物的注意，他对于自己屋子里的这些杂物是这样的满足。他咧开胡子微笑着说："我以前不是一个单身穷汉嘛——"他好像在捕捉着辽远的回忆，沉默着，接着他又兴奋地说，"现在我家里不是有吃有穿了吗？靠着我的双手，不是把命运转折过来了吗……"

以后我知道老人自己在这里开着山店，他还有几间房子在对面的山脚上。那里住着他的儿媳们、孩子们和他的老伴。我咀嚼着他的话，"靠着我的双手，不是把命运转折过来了吗……"

而外面，雨已停歇了，雾已经消散了，对面的山上划着几条白带，那是瀑布。我想，在这里歇了一夜，明天天明时正好踏上雨后的清新而又柔软的道路……

1941 年

（首发于《现代青年》第 5 卷第 5 期，1947 年，署名郭望月。收入《开窗的人》）

湖

一

对于那些湖的记忆，迢遥地，又极为亲近地，常常浮现在我的眼前。

我记得湖是蓝色的。那么清澈，那样的波平如镜，它映着天空的影子；它好像是宽阔的、自由自在的天空休息的地方。

它和天空隔得那么远。

可是，谁能想得到，湖和天空又是那样知心的朋友呢?

天空，没有一句话、没有一件秘密的事情没有告诉它的。它们好像村中几位同年的少女一样，有什么要紧的事情，总是提出来，互相讨论和商量。

天空和湖，我闭目一想，就觉得有如在一个恬静的晚晌，两位同年的少女，坐在一起，在灯光之下仔细地商量着她们贴心的事情。

二

白色的云，有如升起白帆的船一般，在空中航行而过。白云唱着自由的、流浪的歌，出发了。

于是天空立刻告诉湖道："我的友人！你看吧，现在白云开始它的航程了！它是一艘奇怪的船，你完全不能知道，它要航行到什么地方去。它太自由了。它的幻想，是触摸不到的，那样的瞬息万变；它有时很悠闲，好像在散步一般，有时却一下子成为轻烟——而且立刻消散了！怎样的自由呵！你看奇怪不奇怪！"

湖点着头——那湖心中，立刻反映着那白云的影子。

有时一只飞鸟掠过空中。天空却也不会忘记把这个消息告诉湖的。

"湖！"天空叫道，"我的友人，你看吧，刚才有一只小鸟飞过，它像箭一般地飞过呢，多么的快！我不知道它为什么要飞行得如此迅疾。它飞过不久，则投宿在那边山岗上的林子里。我想，它的巢是造在那边林子里的吧……唔，我还没有说完，现在你看，另外一队飞鸟又飞过来了！它们排列得多么有秩序。它们是雁，是从遥远的北方旅行而来！这是远方的来客，你千万不要错过观看它们的机会。它们飞得较慢，可是你看，它们的精神多么充沛。虽然飞行了多么长远的旅程，却丝毫不见得疲倦。真是可爱的鸟呵……"

立刻在湖心当中，映着那一行雁鸟的队伍。我真爱我们家乡的那个蓝色的湖呵。我站在湖畔，凝望着湖中的天空，凝望着湖中映照着天空中白云和飞鸟的影子，我常常会想，这是天空和湖水在互吐私衷。

有时，天空暴怒了。天上满是可怕的浓云，闪电像金鞭一般地挥着，我幻想天上有一场恶战。那电鞭是战士在驾驭战马时的挥扬。

于是，雨下来了！

湖也在愤怒。

我坐在窗前，我感觉那个湖也在不停地涌起水浪。它不像平日那样，呈现着蓝色……

但是，雨过了，天又晴了。

此刻，湖又见得多么美丽了。那湖中又映照着天色的蔚蓝，那样爽朗，那样明澈。

三

我常常到湖畔去默坐。沿着湖岸，那里有一片高大的白杨。

这白杨有北方的诗人的豪放之气质，而另具南方人的旷达的胸怀。听着白杨林中传出的萧萧的风声，我的心总有一种说不出的沉醉。

坐在湖畔的许多时候，我又想到湖水和树的情谊。

那湖岸上的白杨，高高地站立着，上面的树枝互相交错着而形成一道绿色的长廊。那些树影，一如天上的云影一般，一致地映入湖水之中。

我总觉得树和湖也常常在交换着一些高贵的语言。

风来了。

我听见白杨在唱着一首歌。

树很美，湖也美得很。而树影投在湖中所创造的那个世界，更是好看得不得了，再加上天空、白云、飞鸟，这中间的幻想而又比真实更实在的景，又更是我们的口唇所不能传达的美好。

所以，这个印象总是这么深刻地记在我的心中。我常常想起它们，以此为乐。

四

而湖还有很多的朋友，我想说一些它们的故事，虽然我明知说得不好，但没有说出，心中委实不好过。

湖滨除了那一片白杨以外，还长着不少的芦苇。芦苇到了秋天，是十分美丽的。它们在夏天长得那样旺盛，长长的叶子，一直垂到湖岸的水中去。

而湖中，也有许多很美丽的花。那些开在水中的花另具一种风味。那种受过水的教育和陶冶的水间植物所开放的花朵，有一种清凉的风味，有一种凛冽中含着热情的风味，它们是水葫芦花，它们开的是蓝色的花朵，蓝得像晴日的湖水。

它们都是湖的友人。

1946 年

（首发于《星闽日报》副刊《星瀚》1947 年 8 月 11 日，收入《开窗的人》）

蝴蝶

我很喜欢这一对蝴蝶所做的事情。她们现在在那朵蓝色的小野花上面飞舞。

我觉得这个早晨多么好。我想到前面一条长长的草径，不仅仅是为了准备给人们走到那边的河岸去的。虽然那个河岸也多么美好，那条河流正在弹一首动听的歌曲。这条草径是引导人们来观看这片草地上那几朵蓝色的小野花的。

我觉得空中也有一条道路，那一对蝴蝶就从空中的道路飞到这里来的。她们飞过一道短垣，那短垣上披着月季花的蔓条，正在开放许多柔嫩的粉红的小花。这一对蝴蝶越过这道短垣，就是最后的一程路了。她们现在这草地上的一朵蓝色的花朵上面飞舞。

那河岸旁边停泊着一条船。船上的人上岸了，他们，那几位搭船而来的旅客，不再欣赏那河流的音乐，沿着那道草径，走到这片草地上来。

我觉得这个早晨所布置的一切，是太过于动人了。我们只好坐在这片草地上，我们不能说出什么话，让心中油然而生的欢情溶化在晶亮的空气当中。

那空气当中充满阳光的酒一般的气味。那阳光的晶莹的反射，我想是蓝天的心胸中洋溢出来的感动之情。此外，空气中充满花香。那短垣上面的花瓣有时片片地飞落下来，有如快乐的眼泪。

这一切作为他们此刻生活的可爱的背景：唉，那一点蓝色的小花，那一对翅上有紫色宝石的蝴蝶。真的，这对蝴蝶很轻很轻地舞蹈；那朵蓝花保持她本来的姿势开在那几片叶上。

后来，那搭船的旅客走开了。他们不再去搭船，却沿着一条石路走到城市中去。

那一对蝴蝶又越过短垣，沿着那条空中的无轨的道路，到什么地方去。如果她们赶上航程，那蓝天上面随意游行的白云，可以作为一条船，带领她们到什么地方去。

那白云的船，好像手帕一般。那对蝴蝶也许就合着双翅宿在这船上。

而河岸旁边的船已经开走了，上面搭着另外的一批旅客。

于是，在这片草地上，在这个早晨有一个片刻是很空闲自得的。现在，那一朵蓝花保持她本来的姿势，开在那几片草叶上。

1946 年，福州

（首发于《大公报》副刊《星期文艺》1947 年 8 月 31 日，收入《郭风散文选》）

阳光在远处

熔金一般的，沸腾的酒一般的，从那大的杯的边缘满溢出来的汽水的泡沫一般的：色彩富丽的阳光在远处……

阳光在远处！

在那边，我想，大海的波浪，火焰一般的，无数高举的树林的手臂一般的，大海在欢呼！

白鸥成群地飞翔。白鸥在海波上面，飞翔的火焰一般在飞翔！

白鸥飞翔着，欢呼着。在那金光中间，白鸥好像也燃烧起来了，好像一片一片能飞的白色火焰一般飞翔！

在那边，许多船只出发了！

数不清的船只，迎着海浪，冲着燃烧的千万道的金光，如飞地航行着！

阳光在远处！

在那边，在暗色的云低低地压着的沙漠上，金光突然如千军万马潮涌而来！

暗色的沙漠的风吹着。

突然，千万的金光，如千军万马一般潮涌而来！暗色的沙漠的风呵！突然地燃烧起来！沙漠的风，夹着雹片一般飞沙走石，突然地燃烧起来！

壮丽的奇观！浩瀚的大戈壁的燃烧！

呵！陆地的舟，在金光灿烂的大戈壁的海上，骆驼群出发了。

众多的骆驼，响着叮当叮当的铜铃，呵！这陆地的舟呵！你们也举起风帆，在那浩瀚的戈壁的大海上，迎着燃烧的火焰一般的沙漠风，冲着太阳的千万道金光，开始出发了！

阳光在远处！

在那边，在那一座最大的绿色的大宫殿一般的大森林中！

神秘的池沼，在那闪烁着暗紫色的光彩的潮湿地带，那埋葬野兽的尸骸，腐蚀着千年堆积的落叶和毒菌的泥土上，那里升腾着白色的湿雾！

突然，千万道的金光，如一股要毁灭千古万年的积毒之大火，开始燃烧着这座大森林。看呵，每株树都在血红地燃烧！

熔金一般的，沸腾的火焰一般的，在那大森林不断地飞跃出火焰！

阳光在远处。

1946 年

（首发于《星闽日报》副刊《星瀚》1947 年 9 月 13 日，收入《开窗的人》）

榕荫

那里有两棵很大的古榕，树荫下有许多乘凉的人，树旁边还有一口井，有许多汲水的人。我每天经过这里时，心中总是感到快乐。

树上没有鸟巢。但因高大之故，常常有鸟飞来。我忍不住要说出，我是爱鸟的，它们使我想起唱歌和自由！

到了这个城市半年之久，我真像遗失了什么；是的，这些遗失的，我说不出是什么。现在，听到喜鹊的叫声，也深深地感到欢喜。

我怎么会爱起那两棵榕树，爱那树荫呢？由于树中有鸟声，地上有树影？我经过那里时，往往停留一会儿。那里是比较僻静的。附近的居民，多半是贫苦的。只看那些破旧的房屋就可以想到，那里是一个贫民区，在那里憩息一会儿，没有什么关系。

这个夏季炎热，在那些破旧的民房里，想来是委实待不下的。这两棵榕树不知有多大年纪了？唉，它们做了多少好事了？

那口井，依我想，恐怕也有长久历史的。这里好的地方曾经使人民聚集起来，共同来开挖这口井的吧！在这里，产生共同的意志是格外可能的。

这口井，现在成为附近民众饮水之处，这个树荫——好些

年代以来，成为附近居民游憩、乘凉的所在。想到这些，有一种美好的情感通过我的心中。

有一个午间，太阳稍为倾斜一些，我为了一件事，必须趁着火热的天气出来，经过那里，到另一处去。我看见树荫下面，有好多人。有的卧睡在树干上，有的带了竹椅来，有的带竹席来。他们在那里午休，这是很平常的，在我们的村里，夏季的晌午，哪里的树荫下面没有歇息的人？可是这个平常的情形，此刻如此使我感动！

阵风从树荫下吹过，阳光在叶间成为多么美丽的景象。可爱的树荫！

我仿佛已不为暑气所苦。我觉得凉风习习，这是心中的快乐之感情所扇出的……

这里已和附近贫苦住民的生活发生极重要的关系。早上，我看见好些人到这里来汲水。在晚间，我可以想到，许多人都到这里来闲谈。这时候，他们是温和的、亲切的；他们可以一诉各自的衷情、各自的夙愿，他们从此结合起来……

这两棵树长在路旁，不属于我，也不属于你的！谁都没有份，却是谁都有份的。呵，只有公平的地方，才能产生秩序和和气、快乐和幸福。

鸟呵，可以到这里来，陌生的过客呵，可以在这里驻足……

城市的树荫呵，我记得你。井呵，我记得你。我将把你们的形象带到各地去。在这里，我把我的渴望放在你们的身上……

（首发于《文汇报》副刊《笔会》1947 年 10 月 7 日）

河的怀念

现在我又记起那条小河。我想起在这里，每日一早起床，便有许多繁杂的声音来纷扰我的宁静了。真的，早晨起来，一个人应该是多么快活才对，因为在一夜之间业已得到充分的睡眠。是的，夜间给予吾人以幸福的休息。可是，现在我恢复了意识的第一个感觉，但是日常的纷乱，早在我醒来之前，已经在四近排演的了。

从小巷里传来木车的辘辘声，它是货车。那货车上载了不少污秽黑乌的家具，这使我感觉到有人在这样早的时刻便搬家了。这城市有多么的拥挤，人们又多么的善于搬弄是非和互相排挤。除了木车的轧轧之声以外，还有粗暴的叫骂声，器具的乱碰声，以及打架和怪叫。我想这样已够受了。这早晨没有让人安宁的时刻。没有比这更使人烦闷，更叫人没法排遣的时日了。

什么时刻，再能够听到微风行过林间的沙沙之声响，有雨打在窗前檐瓦上的音乐，有鸟们的早颂的歌哩？

我为什么不会想起在乡下时所过的那些日子？每日醒来以前，代替这种吵闹的，是可爱的鸟声。那有千百种。乡下真有好多的鸟类哩，乡下只有农夫，可是自然界的代言人——禽鸟，却何止百种？随便哪种飞禽唱出的晨歌，都是令你不能忘怀的。

真的，我们有多少的日子，差不多是一生，能有几日是能够享受这种兴趣？多半的日子，我们均在无意义的喧嚣中，虚度过去。

唉，现在我更为怀念起那一段安宁的时日。什么时候我才能够重新返回到那里呢？那里有一种使人的心灵得到慰藉的安静。此番我真焦灼不堪！这小巷里传来的日常不变的叫嚣呵！这样住下半年，一个人一定脾气变得极坏。人到了暴躁的地方，还有什么快乐可言呢？

我想起那条小河，真的，它是多么可爱。安宁，是的，多么为我们所需要。可是我们不要呆板，不要枯燥。小河使我们四周的生活因此显得温柔和活泼。我常常到那里去，享受一个新鲜的上午，或一个温暖的黄昏。

如果早晨没有鸟歌要怎么办呢？在乡野的安静之中，要是没有河水的流动，可也够叫人感到遗憾的了：诗趣，全在寂静中寓有多样的变化。而河流似乎是调节整个乡野之气氛的唯一要素，一如鸟歌调整树林的美丽。因为林中无鸟，则其情趣将大大削减。

我想回到那里去。这喧闹的市声，真不合宜于我的性格。城市于我何有哉？什么时候，和什么力量，使我投身于这样一个恶浊的地方？想起来真是可羞的呵。

为了一些"合法的薪水"，我到这城市来"工作"吗？这是一种名誉吗？唉，一切普通人所见所认定的：他们所定标准，他们的信念（如果也有的话），都是如此的叫人难堪。也不去说这些吧，这叫我更为心痛。只是我为什么也投身于这块地带来呢？世间没有比懊悔更叫人伤心的事。

我打算马上把行李扎好，或者，可能的话，只留下一点日常应用的东西，比如一把笔、一瓶墨水等。其余就索性丢掉。可能的话，我就跣足回到河边去。我要在那里医治我的灵魂，要在那里洗足，把我身上的灰尘一一洗个干净。

河，小小的河流，日夜低低地唱。我将回去了，因为我没法排遣对你的怀念。我是心诚的，因之不能欺骗自己，这生活对我是不合宜的。这粗糙的日子，使我心灵枯萎。请你稍为等一等，我马上去啦，我将在日光下行走，向你的岸上的柳荫一直走去。

1946 年

（首发于《星闽日报》副刊《星瀚》1947 年 10 月 14 日，收入《开窗的人》）

草灰

　　那山下的道路的旁边有一个小小的防空洞，一边便是农田。防空洞的斜对过有一座小木屋。我几乎每天都从我住宿的山上走下来，在那木屋的窗口前面等着我的信件。

　　我每天都提早从山上走下来，想用一点小小的希望，消磨午后一段沉闷的时间。冬天里那条小溪里水很浅，带信的工人往往过溪回来。

　　那个防空洞老早就荒废了。洞口上面遮盖的泥土，现在长出许多野草，洞里的一些支撑木柱还是完好的；它似乎曾给多少一时逃避进来的生命以安全之感。现在，洞里堆着许多什物。它慢慢为人所遗忘，以至走过的人们，完全忽略它的存在了。

　　在这偏僻的山间的小盆地里，人们只是保持着一种相安无事的状态。这里，仿佛很少会发生一件使人惊骇的事。

　　一天午后，我又走下那一条不算长的道路。在那个防空洞前面，我忽地看见围着几个人，不知在观看什么，但起初我还没有也走过去看看的兴趣。

　　当那些人走了之后，我才开始走到那防空洞的前面来，这时我看见里面铺着许多稻草，一个女人躺卧在上面，面向外面张望着。另外一个男人蹲在洞口，用一口洋铁壶在两块断砖上面烧着菜叶。

我不知道这个被遗忘的防空洞怎么会开始存在两个生命。这以后，我不记得自己又有多少次路过这个防空洞，望见那洞里有两个"生命"：我看见，那个有病的女人不是躺在那里，而总是俯伏在那里，没有变换过她的姿势，只有她向外面张望时眼睛会稍稍转动一下，那也只是生命自然的动作，不是对于外界有何感应。

有多少次我没有见到那个男人？我不知道在这个偏僻的地方，人们还能寻找到一些什么，我看见洞里面现在添放着许多黑色的枯枝。一个午后我又看见那个男人坐在洞口，在那里烧着一些剩饭，那个女人也向洞口稍稍移出了些。她的眼睛比较发亮了，一大片冬日的阳光照在他们的身上。

我不知道他们是从哪里来的，家在哪里，他们怎么会发现这里有一个已经破损荒废的防空洞。我不知道那个女人患的是一种什么痼疾；只有一次，我偶然看见她转身时，需要那个男人的扶持。

甚至在他们中间，我也没有听见交换过什么话语。我也不能够向他们问一些什么。我知道，我对于他们还是完全陌生的。

只有大片午后的阳光照在他们的身上。有一个早晨我走下山去，看见那个洞口用许多枯枝挡着，而且堆放了许多新的稻草，我开始想着：这些树枝和稻草现在成为他们抵抗寒气的东西。

我又想着：只有那些冬日的阳光好像是全部为他们倾注下来的。我不能对他们知道得更多一些。再过一个午后，我便看见那个防空洞不知被哪些人完全打扫干净了。里面没有原先的什物，也没有稻草。只在洞口的外面，有一堆烧过的草灰。我不去查问那带信的工人了。现在每个午后我都还走下山来，等着我的信件。但是，经过防空洞时，已看不见那一堆草灰了。有时，看见阳光照常地照着那洞口，只是周围更加令人感到荒漠。

1947年，福州

（首发于《星闽日报》副刊《星瀚》，1947年11月20日，收入《郭风散文选》）

冬天

这是潇洒的秋天和冬天之交的时节。凛冽的风来了。

我们看见很多的云来到空中了。灰白色的云，有时凝聚成为块状或带状，朦胧的雾一般地散布在天空中。灰白色的云，有时是稀薄的，霏霏的烟一般地散布在天空中，散布得很低很低的。

最后，我看见很浓的冬日的颜色，暗淡的，其主体是以灰作底子的颜色，涂抹在什么地方。

是的，那是涂抹在任何的什么地方，凝固在那里，而又是油漆未干似的，好像手指一触，即可以染上了整个手掌的：一手都是暗灰。

而且，一切都是赤裸的了。一切成为精赤的、枯的、干燥的，暗淡和没有叶子。

泥上是灰色的，没有水分润泽，从这泥土上面露出刈去的禾根，呈焦黄色。小小的野花，酒杯一般轻巧、玲珑的小小的野花，有淡紫的，有粉白的，有绒蓝的。中间储放着一点蜜的小野花的酒杯，是春天的蝶和群蜂的梦，是一篇童话中的小仙子的梦。可是，冬日把草丛染成暗褐的色彩。我们所欢喜的草茎，它们在春日开着小花，现在不能开花，现在它们焦黄、衰败和没有水分，没有生气。它们还是在道路的旁边。

我看见那些树木了。我也很爱它们。唉，我所爱的东西，是这样的多，以致在这冬日，我才这样的痛苦。

最精赤的那些树木，它们站在山丘上面，道旁和小河的岸边，有的站在园中。

我看见它们的树皮被剥得精光。它们现在完全赤裸的了。那些美丽的叶子，首先被刮下，片片飞坠下来。

那些树皮被剥去，于是树干成为灰色的，或成为黑色的。只有槎枒的树枝，还伸展在空中。有的树枝也同样被拆下。

那些枝条狼藉地横在地上。

我看见我的所爱，被侮辱和损害得这样的厉害！我从道路上经过的时候，我的心是怎么样地难受呢？

我还看见一些枯枝，若干的叶子，被吹在空中不住地打转，和那干燥的灰尘一道在那里旋转。

我还看见几支小小的羽毛，十分美丽的鸟羽，也在前面的道路上，被风吹起来，在空中打旋。打旋了以后，又坠在满是灰尘和车辙的地上。

我回头一看，我看见我的树木，现在是这样的精赤，只是主干直立在这里。

我再仔细地看。我看见那里的鸟巢还在那里，为许多细的、黑色的小枝所护卫。那个鸟巢是否还能保持暖气的呢？它有如一顶黑色的小便帽一般，被人遗忘了放在那里。

但是它被树枝所亲昵地环抱着。

我定神地看了它们一下，我便向前面走去了。

我沿着一条小河的岸边，向前面走去。冬日的风猛烈地刮着。那些云又在空中很快地跑，我看见它步伐零乱地跑，奔走着。

一阵一阵的风，十分紧，极为猛烈，想把周围的色泽涂得更为暗淡、凄凉。

我继续向前面走。我的旁边，那更加倾斜的河岸的陡坡很宽，满是灰白色的积沙和小小的石子。河道变得十分的窄狭。中间只有很少的一些水流在向前滚动着。

我现在不能够看见它，小小的河流像一面镜子，映着可爱的蓝天。

我没有看见它的水流当中有水草，没有看见船在河中驶过。

冬天没有雨水。冬天封锁大地，禁闭大地。

在前面，我看见天空成为这涂着全灰颜色的弧形，一直拉到地平线下面。那里好像成为一道可怕的封锁线；朔风从寒冷和黑暗的洞里，头发纷乱地到处吹刮。在南方雪还没有降落下来，但是树枝和瓦檐上凝结着凛冽的霜。

夜里，我仿佛听到在那灰尘散落的道路上，冬天好像驾着数十辆载重的火车，隆隆地滚动而过。每辆车都载去最美丽的东西，最珍贵的东西。载去花和树枝，以及叶子……

而另外，我听见整座的树林在吼叫。现在是完全的精赤，茎干被利刃劈得遍体鳞伤。但是它们咬着牙齿，钢一般地坚定地立在那里。

它们摇撼着，伸出手臂，喊出反抗的声音。许多的树木，一齐摇撼起来，那气象是非常的庄严。

是的，现在只有树木的吼叫。我在冬天看见我的所爱被剥得精光，被劫去最美丽的东西。于是，我听见树木被迫发出反抗。

1947 年

（首发于《大公报》副刊《文艺》1947 年 11 月 28 日，收入《开窗的人》）

成长

现在，每日早晨都很早起来。不，我应该说，每日早晨我极早醒来，因为一个感召。我极快披衣而起，心怀一种喜悦和希望。我急于要探望外面绿色的成长。记得一日早上，我站在楼上的栏杆之前，看见在对面那堵土墙的后面，开始升上一段绿色。最初升上的只是一段植物生机勃勃的、卷曲的蔓须。我于无意之中看见它，在这一刻间，我仿佛预感到有一生命将蓬勃地发展。我为能够领受到这种生命力的勃发而感到欢喜。

那一寸绿色，生长得多么迅速。次日早上，我即见到卷曲的蔓须已经舒展为一大段的嫩茎。这嫩茎上发出几片边缘呈细小锯齿的黄叶，同时从旁又生出其他的茎和卷曲有致的蔓须。随后，每日早晨，我都见到它有极微妙的生长。它是隔墙邹家栽种的丝瓜。在很短的时间内，它的许多蔓条、茎叶铺满了土墙之旁屋顶上的大半地方。它纷频地苗长，错列地怒发。每一根从旁长出的蔓及每一条茎，一一成为新的生长的起点：这些蔓条茎叶之分开的发展，集合起来，成为一幅生命在整体的蓬勃中高度发展伸张之活的画图。它的主干被土墙遮断，我已望不到了。但是我可以想象得到，主干如何由嫩弱日益长成为粗壮，以期能够胜任日益繁重的工作，这工作便是支持并鼓励上面扩张开去的枝叶，和传递下面的根运来的养分。主干底下的根分布在泥之中，自不能看见。但是我可以想象得到，许多的根须在黑暗的地下，怎样分布和发展，怎样吸水分和养料，怎样做了输送的工作。

那堵土墙此刻被装饰得多么美丽，好像一道垂下来的绿色的窗帘一般。这绿色的窗帘，每个早晨，凝结着许多点点滴滴的露珠。最近几个早晨，我还见到窗帘之间，开放不少黄色鲜艳的花朵，那纷繁交错的蔓条枝叶，还是每日都有新的发展，使我感到那种蓬勃的成长和发展还在高度地进行。呵，我为这种不竭的精力，这种热烈的生意，这种欣欣向荣的旺盛，而感到未曾感受过的喜悦吗？我想是的。一切蓬勃旺盛的气象，自然能叫我们赞美。呵，我还是因为生命不受阻挠，智慧和才能——能够在适宜的环境中，充分得到发扬而感觉欣慰吗？我想这一点是更使我快乐的事呵。

我回到我们自己所处的真实的世界中来。

当我想到我们所处的世界，面对眼前这植物的生长，不必掩饰，我真感到一种沉醉其中的乐趣。可是为什么我们自己所处的世界所赋予我们的痛苦是这样深刻？当我从一棵植物的生长领会到一个人应有的基本权利时，心中有一种说不清的力量昂然抬头，这力量有如一粒种子要顶开整个大地的压力而发芽时所具有的。是的，我们要争取生命赖以光荣地发育、生长、开花、结果的泥土、空气和日光！我期望在一片大和谐中，看见每个人各自的成长所造成的人类社会之整体的蓬勃，欣欣向荣的气象！

1947 年

（首发于《大公报》副刊《星期文艺》1948 年 3 月 7 日，收入《开窗的人》）

夏日寄思

农夫

赤日炎炎似火烧，
田中禾穗半枯焦。
农夫心里如汤煎，
王孙公子把扇摇。

太阳的淫威越来越大了，我惦念着：家乡的农夫！

两只脚：浸在几乎沸腾的田水里。两只手：用力地举着铁耙——锄尽顽固的野草。双肩：肩起沉重的担子——民族生存的重担。遥远的我，深深地感到，这是"苦"。

我不能不寄一点"情"，烦我那"鸽儿"带回去。然而，我这时还摇着扇呢。羞赧是有的，寄什么"情"……

蚊子

人民的公敌！白天很少碰到你——原来你就是生活在黑暗中的。

黄昏徘徊着来了，你的号角也开始吹——多凄悲的音响！当我伏案沉思，你毫无吝色将我思潮垄断，当我卧榻甜眠，你也残忍地把我的好梦粉碎，并且吸去了我"维生"的血液。

你不要以为人民永远是弱的！现在已烧起"蚊香"来反抗了。

人民的公敌，谁喜欢呢？

青蛙

我的心坎深处涌出同脸一样的"微笑"，我知道，下种了……新米快登场了。

清晨，我从梦中醒转，心儿得到万分的慰藉："哇，哇，哇……我崇拜这声音，如同崇拜'英雄'。"

陆上的蛀虫、毒虫。水里的蛀虫、毒虫。我明白：都完了，不是吗？田野已绿成一片，稻苗滋长了，新米也快登场了。

萤，星

我要在黑暗中，放些光明；拯救人民，比在光明中放光明好千万倍。

我记得小时候，晚饭后，拿了椅子，走到门口坐着乘凉。祖母抬头望着天上点点的星光，指向我：那是牵牛星，那是织女星，那是天马星……我听得不耐烦了，望得颈子也酸了。稀星下，我看到飞来飞去的萤。于是，我对祖母说那就是星星，我要去捉星星。

追着萤了，挥起手中拿着的蒲扇，把它扇下地来，再用手捉起来，放在姑母为我折成的纸灯里。睡觉时，把它置于床边。疲倦攻进幼稚的心灵，我终于入睡了。半夜醒来，点点的光，闪燃着，仍然向着黑暗挣扎、反抗，而且极灿烂的，更灿烂的。

祖母指正我，那是萤，不是星，但我总不愿说是萤。我意识到星和萤都是一样的，同为黑暗中的光明之神。

然而，现在我觉得萤是比星更亲近人民的。

（首发于《厦门大报》1948 年夏，署名雪霏）

新鲜的印象

那对于我，是很新鲜的印象。

当我想到创造的美丽和生命的可爱时，我常常记起它们。

有时，我到野外去。我能够取得一份时间，自己自在地到野外去；我能够这样做，当然是十分难得的事。

我想，有一天，如果我能够走出这个城市，经过那一道小小的桥，走到天空广阔、阳光灿烂的郊野之处，我便坐在林荫清凉的树下。如果那里有一条小小的清澈的河流，我便沿河慢慢地散步。

但是，我能够实现这个很平凡的愿望吗？

不过一些回想是有的。

我想到郊外不为人注意的路旁。那里往往生长茂密的野草。这些丛生的野草中间，不知有多少的种属。这一点，我们只要稍加留神，便可看到了。它们有各种各样的叶：狭长的、羽状的、有锯齿的、圆的，或楔圆形的。

还有它们开放的花朵！

那么，我为它们的生命之美丽，深深地在心中感动；这是有如一道小小的清甜的甘泉一般，在我的心中流过。

不知怎的，一有机会，我便想起它们；把深留心中的这个印象，加以思索，而在这中间感到一种力量。

我感到生命之新鲜的、甘美的快乐。我感到生命的力量。

一阵夏季的骤雨过去了。那是在昨天的下午天气极端的闷热之后，骤然下降的。昨天晚上，好似也下过一阵急雨。

后来，好似星星又出现在空中了。

很美丽的星星，热带的宝石一般，闪闪发光，在那暗蓝的夜深时的天空中。

我醒过来了。之后，我又睡了。我在睡境中，做了一个模糊的梦。梦的内容已经记不清楚了，但那个背景是记得很清楚的。那有如在一个寓言中，在一个亚热带的海滨地带。

骤雨下来，在亚热带的海滨地带，高茎的、阔叶的棕榈和椰子，在风中摇摆它们的大叶，雨流过它们的大叶，而又从叶间滴落在地上。

我很欢喜这个梦境中留下来的背景。我感觉它是生动的，新鲜的。

早上我起来时，我好似失去什么；但在长久的回味中，仍旧感到快乐。

我要新的，清新的，生意勃勃的；我多么企望那些生命的自由自在的发荣滋长！

我多么企望，能够在一条路上行走，我们越向前行，前面的路越宽越广，空气显得越清新，日光更加明灿！有那长着阔大的绿叶的树枝，在风中摇摆，如果洒下一阵急雨，多么好！急雨洒在树叶上。

——昨天，这里下过阵雨。

我在回味一个梦境，这时已是次天的早上了。

等了一会儿，我从室内走出来。我竟然忘记室内多么窄，多么杂乱，有阵阵的霉味。

我立在阶前。阶前的空地上，邻居的什物乱堆在那里，许多破烂的旧物堆在那里。

那里，有阵阵的霉味。

阶前的空地，显得十分杂乱。我们没有一小块土地，可以宽舒心身的。

我们所有的时间，也是这样，没有一刻宽畅的时间，可以让我思考和做些想做的事情。我感觉我们时间当中，有如阶前的空地，拥满和排列许多杂乱的什物，显得十分零碎，非常没有条理。

我想要有美丽晴朗的日子，整齐的，自由幸福的，属于我们自己、大家共同的……

不过，这个早上，我是快乐的！我立在阶前。这时，有一种清芳的香味，送入我的心中。我立刻寻找，立刻感觉到有什么可爱的东西，我可以见到。我果然看到了。在空地的土墙之石基旁边，那里生长许多美丽的野菇。呵，真是多么美丽。它们多么好看，使我想起美好的事物，它们正在向我传达某种能鼓励我的消息。

它们一共有二三十棵。不。我走过去，蹲在那里，数了一下，它们一共是廿六棵。有的很大，有的很小，全是天真的，愉快的，美丽的……

它们排列在那里，好像戴着小小的淡黄色的草帽；又像撑着浅灰色的、小小的遮阳伞；它们排列在那里，好像排列在草场上听它们的老师讲故事；不，好像在草场上排好了队，正要出发作夏季旅行的小学生。

我只感觉到沉醉其中的乐趣，在这中间有什么力量呢？这是另外一个世界呵！我的心跳着。

我感到生命的力量！感到生命的永远新鲜和可爱可亲，感到一种欣欣向荣！

我蹲在那里，还看见不少蚂蚁，在野菇的队伍下面，也排列着小小的队伍，正在旅行，和寻取食物和蜜。

多么朴实，多么耐苦勤劳的小昆虫——还有，多么清鲜可喜的植物界中的生活状况，呈现在目前。

我相信永远不能忘记这土墙之石基近旁的小小的景象。

是的，那对于我，将是永远新鲜的印象。

当我想到创造的美丽和生命的可爱时，我常常记起它们。我记起了，我似乎收集了不少这样的印象，一有机会，我便想起它们。

今天早上，我立在阶前，阶前有多乱杂，常常发生霉味。

今天早上，我在土墙旁边，看见许多美丽可爱的野菇，我看见生命常常散出光和色彩，使我快乐。

1947 年

（首发于香港《大公报》副刊《文艺》1948 年 7 月 7 日，收入《开窗的人》）

散文二章

（一）羊

在那冬天的冷冻的夜晚，最先使我想起的，即种棉的农夫，和那和平的羊。

想起什么是圣者，什么样的人，他们的灵魂是高崇的清洁的呢？真的，在自己丰衣足食的时候，能够想到他人的贫穷，想起他人的受冻挨饿的，在这世间能有几人呢？

为别人的苦而生活着，为别人的超脱而背负着十字架的，看吧，在这世间可以找到的吗？

想到基督和释迦来了。

真正能称为救世主的，恐怕只有能舍去一己的富贵荣华的人，才够得上的吧？不止如此，还要为众人的幸福，而以自己的血来抵偿的吧！

想到目下的所谓"革命家"，唉，痛心得很！真正抱着救世的真心美意而来的吗？要拯救人类于不复的浩劫，我看，还是让这些每日大喊口号的"巨人"先行死灭了为愈！要拯救别人，难道是让别人的血到处横流，别人的白骨堆聚如山的吗？

相信他们的话，不如来赞美沉默地种棉的农人！谁能给我们面包呢？谁能给我们以蔽体拒寒的布呢？

想到以自己的毛，给予他人的，我即不知怎样说地，感到感动，想到那被称为"畜生"的羊来了。

既然不能脱下自己的衣裳，给赤裸裸的邻人，还能不感到惭愧地发表伟论吗？

听到那些动听的话，我就为之惭愧！

沉默的行为。要拯救世界，恐怕要让所谓"野心"这项东西最先去了，才好说的吧！

（二）乞丐

所谓游惰民，永远受人蔑视的是他们这些人吧？受尽世间的唾弃、冷淡和诟骂。

衣不蔽体，全身破破烂烂的鹑衣百结。这里吊一块那里挂一块，寒冷来侵袭，虱子看上了，以此为家。

吃着人家的剩羹残饭。那些骨头，恐怕只有野狗才垂青的吧？

住在破庙古宇的屋檐之下。一席破褥，几根稻草。那些菩萨见到了也要皱皱眉头的吧？

这还不要紧。如果他们单单"游惰"也罢了。恐怕这样的，不知害羞的人，将流为盗匪，而破坏整个人间生活的安宁吧？

乞丐！最好是驱之而免贻后患！这办法是聪明的。

可是，我在一本书上读到几句话，却使我不能不沉思了。那书上说："基督一生孤独；他一生也没有家。假如他生在现在，恐怕是过着一无长物的乞丐般的生活吧！"

我如果不想骗骗自己，我觉得这个世界真是叫人痛心的。为什么没有家？为什么衣不蔽体，为什么受饥挨饿呢？我看那愿意被视为"游惰民"，而挨门按户求乞，把人间的轻蔑，泰然淡然处之者，倒是忠厚中之最忠厚者。

那真正卑鄙的贪欲、掠夺、劫取，恐怕是存在居高位、食厚禄，存在于高楼大厦之间吧？可是对于这些"强者"，人们以什么眼睛相看呢？

我倒是领会到那些乞丐为什么能安然接受侮蔑的。而在这授受之间，我看到一种关于这世界最刻毒的讽刺，最深的反拨！

这世间，可谓"爱"这东西，业已不存在了。有的只是讽刺和反拨了！

1947 年

（首发于《现代文艺》1948 年 8 月 15 日，署名于浩）

力量

今天，我又在路上遇见她，我相信，她没有看到我。我没有上前向她打招呼。我认真地想到，这是用不到的，这不是最重要的事情。

我开始思索。我这才开始认识她的。我现在才知道她的价值。我这才知道她是兄弟中间的一人。我现在才知道我们不是陌生的。

我还是见到她抱着他们的孩子。他们的孩子恐怕只有一岁的年纪。他现在在他妈妈的怀里，他能够知道什么？他能够想到什么，能够思索什么呢？

他还在他妈妈的怀里，他还不能够独立生活，他还是这样幼小！他能够感觉到他的生活中突然失去什么，有一件重大的东西突然被人抢劫而去？

我深信他能够明确地感觉这个变故。对于这个变故，他有自己的感觉！他能够感觉天天保护他的，使他温暖的人突然失去！

他要讨回这个保护他的，使他感觉温暖安全的东西，这是他这个时期所最为需要的，这是常常在他的身边，使他的心中有安全之感的东西，一旦这项东西突被抢劫而去，他会心怀仇恨的！

我看见他在他的妈妈的怀里。我没有听见他哭。他很顺从的，在他妈妈的怀里，知道应该极力减轻怀养他的妈妈的艰苦一般，他显得比别的孩子更为顺从的样子。

这不只是他一人的东西，同时为他们共有的东西；是他的东西，同时是和他的妈妈共有的东西；是能够保护他的，给予他以安全之感的东西，同时亦是支持他的妈妈的东西。是他们共同生活的一部分。他能够感觉曾经突然失去什么，有一项重大的东西突然被人劫掠而去？这项东西是他和他妈妈二人共有的。

他们失去共同所有、互相依靠的东西。他能够感觉他的妈妈因此悲痛欲绝？他要选择什么方式来表示他的愤怒，他的仇视，他的抗议呢？我没有听见他哭泣。我想，他才这样幼小，他便知道咬紧齿根来表示他的憎恶吗？大约他以为不要哭泣，哭泣会令他的妈妈的心情更加纷乱。他不肯这样做。知道应该减少怀养他的妈妈的辛苦一般，似乎他知道即使肚子饥饿，也绝不哭泣。

我看见从他的妈妈怀里伸出的小手，紧紧地握着，他把两眼闭上，尽量地睡眠；这样做很好，因为他睡眠了，可以减少他的妈妈因为要照顾他而多多分心。

一个苦难的小孩，应该这样的，他能够多多体贴自己的母亲。

我看见她怀抱这个小孩。在三个月以前，我也看见她怀抱这个小孩。那时，我正在报社的门口，听见一些关于她丈夫的一件不幸的事情。她的眼睛红肿，因为哭过，哭得很厉害的样子。一个贫苦的女人，处在那种情形之下，首先，她只好哭泣！

那种暴行，当然不能使她屈服，贫苦的人，一切的灾难都使他们尝受过，决不能令他们屈服。当她突然失去自己的所爱，当她的爱者突然被抢劫而去，她一定要冲过去，拼命地向那个暴力争回，她要以自己的生命向暴力冲撞过去；她尽力地挣扎，可是一个女人的力量，和那失去理性的全体暴力相比之下，终于抵挡不住，她的丈夫终于被拘捕，在丝毫没有的罪名之下被拘捕了。她在他们那间破陋的斗室内，哭得很厉害。

"她便是被捕工人的老婆，她抱的是不到周岁的小孩……"

我听见别人对我这样说。那个工人，她的丈夫，我不认识他。别人告诉我，他是一位勤恳的、沉默的、谨慎的好技术人才。

那时，我的心也十分纷乱。在我的心中清理不出一点办法出来。我看见了她，看见她的眼睛哭得红肿；我看见他们的小孩，抱在她的怀里。一时间之内，我心中最清楚的一点思念，便是，这以后她们母子二人如何过活……

今天，我又在路上遇见她，路上往来的人，非常之多。我相信，她没有见到我，她不认识我，我没有上前向她打招呼。我认真地想到，这不是重要的事。

我还是见到她抱着他们的那个孩子。我看见他在他的妈妈的怀里，样子显得很是顺从。他显得不要在他身上多用心思，懂得一切的样子。我看见他的小手，紧紧地握住，从母亲的怀里伸出来。他正在他妈妈怀里睡眠。

她穿着一件满是补缀的外衣；那是刚刚洗过的，显得很干净的衣服。她抱着她的孩子要到什么地方去呢？她的脸上没有明显的表情。她的嘴唇紧紧合住。我想到她不再愿意从嘴唇内说出任何话来。这嘴唇显得比什么都更倔强。她的眼睛没有红肿，只是深深地陷下去，上面有一道阴影，她向前面望着。

我没有见到她再哭泣，她的眼睛没有红肿。她的悲伤成为另外一项更加有力量的东西。

这使我感动；我要对她表示兄弟般的尊重和敬意。我从她的心上，接到一种感召。

我站在路边，见她向前走去。

我看着她的背影，为时很久很久。她抱着他们的小孩，她现在以独自一人的力量保护小孩。那个小孩在她的怀里睡眠，小手伸出外面，紧紧握住。他们中间有亲子之间的爱情和温暖，他们忍受灾难，默默地记住仇恨。我好似看见她的心对她的儿子说："你的爸爸被暴力劫持！我们要坚强地生活下去！那暴力是有团体的，我们孤单地向它反抗过，失败了！我们要集合被损害的广大的力量，向它回击，要打败它，讨回大家共同的幸福！"

我看见他们母子二人向前走，以后浸入众多的人群当中。我也向自己的路走去。

我默默地怀念他们。我开始认识她，知道她的价值，她是一个不能屈服的人。我从她心上接到一种感召。

我没有上前向她打招呼。这是用不到的。我们不陌生，大家默默地走自己的路，终有一天我们相会在一处，那时大家要尽情互诉各自的艰辛，接着欢呼不已！

1948 年

（首发于《江声报》副刊《每周文艺》1948 年 12 月 5 日，收入《郭风散文选》）

快来吧！真正的春天

一般大人先生们都希冀过，而且歌唱过：春天会带来光明与温暖，使一颗冰冷了的心，热烘烘起来。而我也何尝不是怀着同他们一样的心情？

现在春天是来了，然而，看不见美丽的花朵，也看不见和煦的阳光。大地上仍然是一片喊杀声，到处还呈现着十足的昏暗。路旁依旧有冻僵了的死尸，和饥寒交迫者的呻吟。那哀号似的风，哭泣似的雨，簌簌沙沙，不停地遮蔽着天日，更连着在涨的物价一并来到人间，造成一副狰狞相，如魑魅吞噬着人们……这些景象，找不出半点是春天应该有的。人们仍旧是浸淫在黑暗的污水里。所以我说：这不是真正的春天，真正的春天还未来呢！这是个冒牌的假春天。

也许现实是像戏台，被一重黑布幕掩蔽着，看不清，只要拉开了这布幕，自然地就会显出光明来。于是我要歌唱！高叫让这黑幕快点在轮子上滚开。

快来吧！真正的春天。

你来了才有光明与温暖，在黑暗底下畏冷的人们也才得翻身。

你来了，麻木和冬眠者才会觉醒。

快来吧！真正的春天。

你送来和平与幸福。

你消灭人间一切痛苦，万象在你的抚弄下更生。

快来吧！真正的春天。

（首发于《厦门大报》1949 年春，署名碧派）

棕榈

我看见那几棵棕榈。

我看见它们有正直的树干，多么吸引我的注意。我看见从它们的茎梢长出来的大叶，并没有很多，但是多么简洁，别有韵致。

我感觉它们的扇形的大叶，是用鸵鸟的羽毛编成的。我以为它们的那些大叶，是用鸵鸟的羽毛染了绿色以后拿来编成的。

我感觉棕榈在各种树木当中，它的叶子最大，最别致；它在各种树木中，叶子最少，最简洁。

那些叶子集中生长在茎梢，作扇状的分开。有的稍微垂下，形成美丽的树顶。

我看见几棵棕榈，它们正直地排列在那边的丘冈上面，多么好看。

在那丘冈上面，它们之间有适当的距离，它们生活着。我以为它们的唇上时刻挂着微笑，这是因为心中快乐。它们对视一下，互相点首。

那个小小的丘冈，泥土呈赭黄。那个丘冈是偏僻的，很少人到的。那是一个小小的简陋的丘冈。

于是，在那个丘冈上面，几棵棕榈生长在那里。它们正直地站着。我看见它们往往对视一下，交换一个微笑，以后再交换一回点首。我看见它们在那座丘冈上面的生活，和它们之间的情谊。我对它们的综合的印象是——它们是微笑的，喜欢微笑的树。

我相信我多少也知道它们的品格的。我感觉它们是快乐的树。呵，因为它们那种正直的模样，令我感动。

有时，我看见它们手携手，那便是那几棵棕榈好看的绿叶互相交搭起来。我看见它们的手臂搭起手臂，这和小学生在草场上做游戏时，情景差不多相同。有时，它们的手臂一下分开了。那是一阵风从那中间吹过的时候。当阵风从它们的腋下吹过时，我听见小小的笛子的声音。

呵，那是阵风吹的笛子吗？阵风为什么要在棕榈前面吹笛呢？

对了，对了，我不可忘记一起记述。我看见丘冈的后面，向平原和地平线垂下的天，蓝色的天。我看见天上有一些白云。那白云幻成种种的形状，我记得一位学生在作文卷子上如此描写那形状：有时像一队帆船，有时像一队远途的季候鸟，有时像一队绵羊。

那位学生说，那像一幅时刻变化的图画。

呵，那是白云的图画吗？白云为什么绘了图画给棕榈看呢？

对了，对了，我不可忘记一起记述。有一个早上，我看见那座冈上那几棵棕榈，哗哗然举起它们的手臂。不，我看见它们张开它们绿色的大手帕，口中哗哗然地欢唱。呵，这时，我看见阳光大量地撒下金色的碎纸，撒在它们的手巾当中，好像做游戏一般。

等了一会儿，我看见棕榈们把金的碎纸屑承受在手帕当中，于是又倾倒，如数地倾倒给地上的绿草，给冈上小小的细草们。

我看见那几棵棕榈，我也看见那些绿草：它们的生活，它们正直的生活。

1947 年

（首发于《星闽日报》副刊《星瀚》1949 年 1 月 11 日，收入《开窗的人》）

花轿

下午，为了要买些杂物，我把门带上，上街去。近来我确实很少出外，市街仍旧熙熙攘攘，对我仿佛有陌生之感。

在一条较为冷僻的路上，我一看过去，立刻想到那里有件喜事：一户人家的门口，停着一座花轿。想起来这是小时的兴趣之一，却比童年更为邈远，那时我喜欢观看结婚礼。一刻之间，心中充满一种很奇特的感情，我也赶上前去观看。

那花轿是古旧式样的，它怎么会停在这个城市的路旁呢？

那花轿旁站着一个小孩，他想把花轿抬起来。他正在不自量力地用力抬着轿杆时，这个孩子立刻受到大人的斥责："你要当轿夫，你去，亏得给你念书呵！"

于是，一把把她的孩子拉开，那小孩和别的小孩吃惊起来，莫名其妙地站在一旁；他们感到失望。我也吃惊地走开了。

我想起尼采的话，"艺术家倘不将民众提起，则民众将下落。"我感到一项庄严的事物，如何才能使人们有其共同的看法，同样真挚的情感？

我感到这是重要的事。可是偏见和习惯已经束缚人们的良知了呢？能够把这束缚解开吗？

1949 年

（首发于香港《星岛日报》副刊《星座》1949 年 3 月 9 日，收入《开窗的人》）

回娘家

新春以来，下了两次微雨，一直晴下来。吴澄花闲的时候，眼睛老是瞧着天。蓝蓝的天空，有时虽然也有几片白云飘荡，却看出下雨的征兆。麦子、油菜受旱，社员们心都很急，可是澄花心里更焦急，因为她还有一件心事：想趁雨天不能干活时，回娘家去看看老社生产搞得怎样，也跟爹娘弟妹和社里姑娘们亲热几天。天像有意跟她作难似的，半丝雨意也没有。

她原是全区最早成立的一个农林生产合作社的副社长，家在吴厝村。去年12月出嫁到郭宅村来，丈夫郭文宽是朝光农林生产合作社会计。

她出嫁时，社里姑娘和年轻的媳妇们对她开玩笑说："别有了姑爷，就忘了我们！"蔬菜管理员阿花说："白菜、豌豆那快收成了，你一定要回来看看！"饲养员安尾嫂说："等你新春回来时，猪都有二百来斤了，社里宰口肥猪，红烧肉炒白菜请你尝尝！"

澄花虽没想吃红烧肉炒白菜，那些朋友的影子却常常在她脑子里出现，很想去看她们。乡里俗例，新春时新娘要陪新郎到娘家去玩一两个月，新郎回去了，新娘还要住在娘家一年半载。新社会不同了，但新春走娘家还是有的。大年过后五天，弟弟就来一次，要请姐夫和姐姐到家去玩。

但是，社里正决定在五天内，盖起三座每座能贮存三千多担土粪的小屋。她对弟弟说："你回去对爹妈说，姐姐过了五天就回去！"她想社里今年计划增产两成，好坏就在春耕上面，俗语说："春天比粪堆，秋天比谷堆。"积肥的地方没盖好，春耕肥料没积好，有心思去玩吗？文宽要到县城去参加会计训练班学习，也不能去。接着社里就是准备造林，烧草木灰，车水灌溉麦苗和油菜，又要开一个池塘，大家都忙得很，她也放不下心回娘家，弟弟来了好几次，她老是说："叫爹妈不要急，等下雨时回去多住几天。"

3月下旬有一天下午，天上布满了黑云，她仰望天空，心里高兴说："这下可会落雨了！"她和社员们怕土粪受雨淋，赶忙搬杉皮搭起盖棚。忙得汗水湿透衣服，但心里却顶兴奋。

夜晚真的下起雨了。次早澄花提着篮子，装着婆婆替她准备好的蒸糕，冒雨回娘家去。刚进村口，就看到田垄上一堆堆的烧土，有些土堆还在冒烟，远望好像刚蒸出来的碗糕。村西那片靠近小学校的几十亩荒山，看不到茅草了，而插上了油茶树。

（首发于《福建日报》1955年4月28日署名胡雪）

丝瓜

在学校的菜园里，很多同学都喜欢丝瓜。每天早晨，丝瓜棚上开放着那么多的黄花，生气勃勃，迎着太阳光，比露水还清新，比星星还灿烂。蜜蜂、胡蜂、细腰蜂、大黄蜂、蛱蝶、飞蛾、凤蝶都飞来采花粉。丝瓜是雌雄同株的，雌花比雄花大。我们每天轮流浇水。还数一数有多少朵雌花开放了，在班上报告，告诉大家这一天又要增加多少新丝瓜了。

我们都希望自己轮值的这天，雌花开放得最多。

（收入《在植物园里》）

红萝卜

萝卜的花和叶都很好看。软软的花梗，从叶间长长地抽出来，上面开着一朵朵十字形的花，洁白，很新鲜。鸟羽一般的叶子，长得一大丛，好像我们的毽子。

可是红萝卜是长在泥土下面的，我们看不见。我们多么盼望收成的日子快快到来！那时候，我们便把萝卜拔起来。一定的，它会长得又圆又肥硕，又脆又嫩；粉红的皮，里面是雪白雪白的，好像梨子一样。那时候，我还想用红萝卜做鸟身，加上竹枝做成的长腿，厚纸板剪成的鸟头，做成一只澳大利亚的鸵鸟。把这玩具送给学校附近一个军属的小弟弟，他会多么欢喜。我已经把图样都设计好了。我的妹妹也准备用萝卜做一只小兔送给这位小弟弟：兔身用萝卜，兔眼用红豆。

（收入《在植物园里》）

木笔的花

我家的园子里有一棵高大的木笔树。它还有一个名字，叫"辛夷树"。冬天，它的叶子全脱落了。但是，在光秃秃的树枝上面，满满地结着许多花蕾。花蕾好像毛笔的笔头一样，又长又尖。元宵节前后，天气还很冷，这高大的木笔树，没有一片树叶，却开放着满树紫红色的花朵。

花谢时，满地都是花瓣。这时，树上已经吐出新芽；过了半个月，整棵树便给大片的绿叶遮满了。这年夏天，我忽然发现满是绿叶的木笔树上，开放了好几朵红花。听说，这棵木笔树是我的祖父种的。我知道它时，它已经很高大。我还是第一次看到：它在夏天里也开了花。

（收入《在植物园里》）

瓦松

我们的学校是村里的一座古庙改成的。屋顶上长着很多好看的瓦松。

我很喜欢这种长在屋顶上的小植物。我便来观察它。它的叶瓣好像鳞片，密密层层地把细茎包住。远远看去，一棵一棵的瓦松，顶端尖尖的，好像一颗颗圆锥形的松球。放暑假的时候，瓦松开花了。

它的花梗有四五寸长，从叶心间抽出来，上面密密麻麻开放着淡红的小花，好像小小的麦穗。村里农业合作社养的蜜蜂，便飞来采蜜了。

（收入《在植物园里》）

牵牛花

土墩上，野生的牵牛花开着像喇叭一般的蓝花。我想起有很多的植物，都开着像喇叭的花。园里的甘薯、水中的蕹菜、树林里的水金凤花，还有百合花和崖边的山丹……我想把花形像喇叭的植物，以及旋花科和百合科的植物，都搜集在一起，越多越好，做一套植物标本。我把这事告诉小队长小李，她很赞成。她说，要叫我们队里喜欢研究植物的杏治，和我一起来搜集。我们准备把标本挂在班里植物角的壁上。

（收入《在植物园里》）

凤仙花

凤仙花很好看。它的花有深红的、粉白的、淡红的、白中带红的。一朵朵的凤仙花，开放在叶腋间，绿色的叶保护着好看的花。

后来，花谢了，结出一颗颗橄榄形的东西，好像小铃铛挂在那里。这些东西起初很小，后来一点一点地大了；起初是绿色的，后来慢慢变成淡褐色的了。有一次，我蹲在凤仙花前面，伸出手来，把一只小铃铛捏了一下。这小东西立刻破裂了——皮好像弹簧一般蜷缩起来，从里面弹出几颗小小的黑色种子。多么有趣呵，我把这件事记在日记本上。

（收入《在植物园里》）

荷塘和鱼塘

　　我们学校后面有一条"无尾河"。我们计划：把这条小河堵塞住，变成两个小池塘，一个池塘里养鱼，另外一个种荷花。

　　我们是多么高兴呵。杏治偷偷地对我说：这是一个"改造自然"的"伟大计划"。我说：对呵！

　　我们高年级的同学，三百多人，用一个月零两天的课外活动时间，把这个计划完成了。我们先在这条"无尾河"的出口处用木板堵住，然后向农业社借来两部水车，车干了水以后，我们一共挑了一千四百担的泥土，在河里筑上两道堤坝，两个池塘便给我们创造出来了。接着，我们就放水灌进这两个池塘里——池塘的对岸是农业社的稻田，我们把池塘外面的河水，车到稻田里，从那里开了一条水道，水便像小瀑布似的灌进池塘里，灌得满满的……

　　我们在荷塘里种了许多荷花。在鱼塘里放下五百条鲢鱼苗。鲢鱼长得很快，现在已经有三寸多长了，到了过年的时候，每条鱼至少要长到一斤重。荷花也已经露出水面，圆圆的嫩叶，多么美丽。到了放暑假的时候，它们便要开花了。我们还在池塘的旁边，种了十多棵南瓜，南瓜藤和叶子把塘岸铺满，一点也长不出野草。

　　（收入《在植物园里》）

梧桐

我们的教室前面有好几棵梧桐树。它全身挺直，比屋顶高出数尺。它的树皮是青色的，和树叶的颜色相近，这特别使我欢喜。很多的树，树干都是褐色的呢。尤其是雨季的时候，雨水把梧桐的树干，漂洗得那么干净。

快要放暑假时，梧桐在高高的树梢上，开着淡黄色的小花。

秋天，梧桐的叶子脱落了。每天早晨，我们打扫落叶时，在大片的、带着长长的叶梗一起脱落地上的枯叶中间，可以看到很多小小的叶瓣，它也是枯黄的——在这小片叶瓣的边缘，嵌着褐色的、圆圆的、有皱褶的东西；有的嵌上三四颗，多的有六七颗。这是梧桐的种子。

（收入《在植物园里》）

野花和向日葵

到学校去的路旁，草地上长着许多飞廉草和野菊。

飞廉的茎很高，有刺，开着又黄又亮的花。野菊也开花了，开着淡蓝的花。这一天，学校里开了家长座谈会，由我们班上负责布置会场。我们采了一大堆飞廉和野菊的花，插在花瓶里。辅导员称赞我们说："大家想得很好，这一瓶花很别致，又好看。"

我们还用葵瓜子招待伯伯们——我们自己种的向日葵，今年收成一百多斤。伯伯们也称赞我们说："红领巾们真棒！"村里人都叫我们"红领巾"。

不知怎的，这天，我们都很高兴。

（收入《在植物园里》）

杨梅

靠近端午节的时候，杨梅成熟了，挂在树上，好像一颗一颗的红星。也有绿色的杨梅，有一种香味散发出来，招引黄蜂飞来吸吮它的甜汁。

山上到处是野生的杨梅树。树干不高，小孩子都可以爬到树上，采摘满满一篮的果子。我也常常去采摘杨梅果子。爬到树上，有时会发现白头翁的鸟巢，也会发现黄蜂的蜂巢。杨梅是多汁的，果汁会染红手指。有一次，我的弟弟也去采杨梅。他把采下的杨梅，满满地装在衣袋里，把衣服都染红了。那是端午节时，妈妈给他缝的白麻布新衣裳。弟弟怕挨骂，回去时把衣服脱下，放在一边，好久不敢声响。我的弟弟那次采杨梅，算是闹出笑话来了。

（收入《在植物园里》）

草莓

树林子里，到处长着野生的草莓。它的叶子有细毛，边上有锯齿；茎上长出一些刺，花朵是白的，好像白色的蔷薇花。它一边开花，一边结籽。它的果子真甜，甜中带着一点酸味。一颗一颗的草莓，红红的，有纽扣那么大，有点像桑葚，有点像杨梅。我带着弟弟到树林里去采草莓。第二天，我放学回来时，他已经在门口等我，指着树林那边，要我再带他去呢。

树林子里，我们一连十几天都采到草莓。有那么多的草莓！

（收入《在植物园里》）

兰花

兰花长在涧谷的边缘。有多少的兰花！兰花长得比深林中的蕨草还茂盛。那淡绿色的、有紫色斑点的花朵，多么美丽！

整个山林里充满着兰花的香味。我们本来是要到树林后面去游山洞的。从很远的地方闻到一阵阵的香味，便走到这涧谷的旁边来了。我们看到这么多的兰花。差不多延伸了半里，盛开着一色的兰花，没有一点别的青草，好像有谁在这块地方，把野草拔得干干净净似的。在许多狭长的绿叶中间，我发现一株兰花的花梗上，结着几颗暗绿色的东西，一颗一颗都像小小的有棱角的橄榄。这是最初开放的一支兰花，当别的兰花正在盛开的时候，它最先结下种子了。我们还看见很多的蚂蚁，在花梗上来来往往地爬着。

（收入《在植物园里》）

竹

竹林沿着溪流绵绵不断地延展着。数不尽的竹竿，直挺挺地伸到空中，竹叶不厚不稀，在上面构成天然的凉篷。夏天，竹林里是那么清凉、爽朗。

山雀在这清荫里叽叽喳喳地叫。鹡鸰唱着好像从银笛里吹出来的歌声。

春天，竹林里多么热闹。无数的春笋，从泥土里冒出来，大人和小孩都到山上来掘笋。我们还可以拾到很多的笋壳，这是可以编成好看的雨笠的。我们还喜欢把一些笋壳，放在溪流里，让它一直往下漂流去，让它沿着溪流去旅行。笋壳真像小小的船。

（收入《在植物园里》）

棕榈

　　山坡上、村里路亭的旁边、菜园的篱笆后面，长着许多树干硬直的棕榈树。

　　它不像别的树那样有很多的树枝。棕榈树在树干的顶端，向四面伸展，长着一大丛有长长叶柄的扇形的叶子。

　　山风猛烈地吹着，那树顶的大丛枝叶左右摇摆着。在那晴朗的日子，它的枝叶上，好像嵌着宝石一般，在阳光里闪闪发光。4、5月间，棕榈树从树顶叶丛的中央，伸出一丛好像黄色的珊瑚一般的花梗。它开花了。野蜂成群地围着花枝，嗡嗡地叫。

　　棕榈树的树干，长着头发一般的细毛。你看吧，沿着山溪运载木材的撑木筏人，他们身上的蓑衣，是棕毛编成的。棕毛还可以编成坐垫、扫帚。我家也有四棵棕榈树，种在我家的门前，我已经学会用棕毛编成扫帚。

　　棕榈树是美丽的树，很有用处的树。

　　（收入《在植物园里》）

黄色的雨

下了一阵骤雨。雨水从檐前像小瀑布似的流下来。

这时刚刚下课。低年级的小孩子，把手伸到檐下，在雨水中洗手。

一会儿，雨便停了。有一个同学看见阶前的积水中，满是黄色的水渍，好像放了很多黄色的硫黄粉末。他忽然喊道："大家有没有发现，刚才下了一阵黄色的雨呢！"

有的同学蹲在阶前，附和说："说不定刚才真的下过黄色的雨……"

辅导员跑过来了。他看了一下，笑着告诉大家说："这是松树的花粉，夹杂在雨水中降下来了。"

我们学校的后面，隔着一条小河，是一座山。山上有很多松树。松树开花了，穗形的松花，有那么多的花粉，被风吹着，在空中飞扬。像辅导员所说的，在风中飞扬的花粉，夹杂在雨里降下来了。

（收入《在植物园里》）

龙眼园里

学校附近有一个龙眼树园，是红星农业合作社的，由技术员三官伯领导一个生产小队负责照管。我们常常去参观这个果园。园里的草锄得真干净。树下种着一畦一畦的甘蓝菜、葱和白菜。他们还在树下养了三十箱蜜蜂。龙眼树开花的时候，蜜蜂在树梢嗡嗡地叫。

今天，三官伯通知我们来参观他们"疏剪"龙眼。他的果树生产小队的队员们都出动了。他们爬在高高的竹梯上面，把树上结得太密的果实剪掉。三官伯说，剪掉那些长得太密、长得瘦小的果实，留下的果实，会长得肥大，含更多的甜汁。三官伯常常把生产知识告诉我们，我们也喜欢到他的果园里，帮助他们在菜畦上捉虫。

（收入《在植物园里》）

芭蕉

爸爸在菜园里辟出一块地方，种了三十多棵芭蕉。每天我都帮他挑水来灌溉。芭蕉长得很好。这年夏天，芭蕉都开花了。在紫色的花苞下面，开着一排一排淡黄的花，每排都是上下两层花：上面是雄花，下面是雌花。雄花凋谢了，每朵雌花都长成一个芭蕉，沉甸甸的！后来我们替每株芭蕉撑上一根短木柱，不然要倒掉的！

芭蕉十分怕冷。冬天来了。爸爸给芭蕉搭上一个木棚，上面铺了稻草。据爸爸说，这是他在一本《园艺学》上学来的办法。我们注意乡里气象站的气象消息。12月17日那天，气象站得到紧急的长途电话：预计晚上将出现浓霜。乡里的大喇叭响了：要预防霜害，保护农作物！我帮助爸爸在木棚上面再铺上一层稻草。又在园里堆好松枝，准备烧火，使菜园的气温变得温和。这天，爸爸守了一夜。

芭蕉在我们的保护下，度过了冬天。

（收入《在植物园里》）

散文五题

闽南印象

这里有榕树。这里有玫瑰。这里有向日葵。这里草地上 12 月里还开放着鲜花。

这里的老人像榕树那样强壮。这里的少女像玫瑰那样艳丽。这里儿童的眼睛像向日葵那样明亮。

这里，人民的智慧开放着，有如鲜花。

木兰溪畔一村庄①

这是一个小小的村庄。它像一朵花，开放在蓝色的木兰溪旁边。

它的甘蔗田接连着龙眼树园。它的橄榄树高耸在山岗上。它的池塘里漂荡着带状的水草，鲫鱼成队地游行。它的木瓜树沿着竹篱和土墙成行地生长；这亚热带的美丽的果树，高大像梧桐，硬直的树茎像棕榈树，树梢一大丛绿叶像蒲扇，结着累累的果实硕大如仙桃。

---

① 木兰溪流经福建莆田、仙游，至三江口注入兴化湾。

这是一个小小的村庄。它像一朵花，开放在蓝色的木兰溪旁边。

它的房屋遮蔽在树荫中，露出白墙和丛生着瓦菲的屋檐。它的碾米厂盖在溪边，用水力转动碾米机的轮盘。它的榨油坊喷发着花生的香味。在那小学校的广场上，升起的红旗在风中飘扬，在阳光中闪耀；我看见系着红领巾的小学生和辅导员一起踢皮球，旁边新辟的球场上，解放军和农业社的球队正在比赛篮球。

这是一个小小的村庄。它像一朵花，开放在蓝色的木兰溪旁边。

水兵

车过闽南公路旁某村时，我从车窗里看见几个水兵从树荫下往村庄里走去，那天正是周末……

水兵从海上回来了。

他们的制服像海水那样深蓝，他们的肩章上绣着锚的图案，他们的开领上绣着浪一样的白条纹，他们的帽带在风中飘。

——呵，你们是海的亲人，海的守卫者。

水兵从海上回来了。

他们从树荫下往村庄里走去。他们要来看看甘蔗长得多高，蚕豆已经开花？他们要来看看筑在巨岩后面的水库，看看那被驯服的溪流在阳光下玻璃似的闪光？他们到村里来访亲会友？他们要到小学校里和小朋友联欢吗？

——呵，你们从海上回来访问和平的陆地，你们是和平的守护者。

榕树

想起我的故乡，我便想到你，呵，高大的榕树。

想到你，我便想到故乡肥沃的土地，明媚的蓝天和泛着酒杯似的泡沫的海。

沿着木兰溪的两岸，在甘蔗田和草地之间，那故乡辽阔的平原上，我们到处可以看到你——

你好像我们乡土的标志，高高地站立在那里。

我从外地回来时，远远便望见你。那墨绿色的林梢，和凤山寺的塔尖一起，最初出现在蓝天和闪耀的阳光之间。

我看见你的树干上，有无数褐色的须根，长长地垂下来，一直挂在地上。

我看见你的树干，好像山间的幽径，上面长着苔藓和许多青苍的羊齿植物。

我感到你是那样的强健、雄伟，而又那样的温柔和老人似的仁慈。

我看见你的树荫，覆盖着一大片的土地——

羊在那里吃草。

牛躺在那里休息。

我老想起在你的树影下面。

那里有草地上鲜花的香味，风的清凉，和你的慈爱的抚慰……

我记得你的林梢，有很多的鸟巢。我曾爬到上面去拾鸟蛋。呵，那黄嘴的、歌声婉转的黑鸫，在上面造窠。还有喜鹊、鹰和美丽的白鹭的窝。我都记得它们。

我记得在你的林梢，能够望见很远的地方。能够望见木兰溪像一条蓝绸带子，闪亮闪亮的，穿过树林和田野缓缓地流着。能够望见三十里外的兴化湾，望见停泊在港湾里的渔船……你是不是还记得，我曾经爬到你的林梢，对着辽远的海，大声地喊："开船呵，开船！"

我觉得我的故乡是美丽的。那里有南方风物的特殊魅力，那里居住着勤劳而又聪敏的人民……

我觉得你和我们生活在一起，我觉得你给我们的乡土增加了美丽的东西。

这深切地启示了我，这使我想起那些朴素的、默默地工作、在工作中永远怀着爱情的人们……

亲爱的榕树！

在我的心中，有一幅乡土的鲜明的风景画。那是以海湾、蓝天和绿色的平原为背景的，而中间也站立着你的高大而又慈祥的身影。

1957 年

187

叶笛

呵，故乡的叶笛。

那只是两片绿叶。把它放在嘴唇上，于是像我们的祖先一样——

吹出了对于乡土的深沉的眷恋，吹出了对于故乡景色的激越的赞美。

吹出了对于生活的爱，吹出自由的歌，劳动的歌，火焰似的燃烧着的青春的歌……

像民歌那么朴素。

像抒情诗那么单纯。

比酒还强烈。

呵，故乡的叶笛。

那只是两片绿叶。把它放在嘴唇上，于是从肺腑里，从心的深处——

吹出了劳动的胜利的激情，吹出了万人的喜悦和对于太阳的赞歌。

吹出了对于人民的权力的礼赞，吹出光明的歌，幸福的歌，太阳似的升在空中的旗帜的歌！

那笛声里，有故乡绿色平原上青草的香味。

有 4 月的龙眼花的香味。

有太阳的光明。

（首发于《人民文学》1957 年 3 月号，收入《叶笛集》）

蒲公英及其他

蒲公英

到学校去，路旁的青草地上，长着许多野花。我很喜欢野菊和蒲公英，野菊的花有淡白和浅蓝的，蒲公英开着淡黄的小花朵。

多么有趣的蒲公英。它的花朵凋谢后，花托上会结出雪白的绒毛似的东西。田野的风吹着，那雪白的绒毛便在空中飞扬起来，比柳絮还轻；飞着，飞着，又像一朵一朵的雪花一样，从空中轻盈地降落下来。

太阳光中的雨

下午，三点钟。我们刚刚上了两节课。这时，太阳照在玻璃窗上，那么明亮；太阳照在田野里，黄澄澄的；太阳照在远处的树林里，树叶发亮。天空是蔚蓝的，没有想到，空中忽然掠过一阵马鬃似的、松散的乌云，从那里飘下银丝似的雨来。

又是明亮的阳光，又下雨！低年级的同学们都呼喊起来，跑到雨中去，乱蹦乱跳。雨在阳光中下着，树林、草垛、田野和河流，被阳光所照耀，又为雨点所敲打。风吹着，云被吹散了，雨也被吹散了。

这样的天气，树林里要长出多少的野菇！准备篮子。明天一早，我们到林中采菇去！

采菇

我们一早便上林子中去。这是暖和的，有点潮湿的，静悄悄的早晨。

树林像一道暗绿色的帷幕，挂在村后的小山冈上。树林的后面，是碧蓝的天空，染着玫瑰色的明霞。我们沿着田边小道走进树林中来。这里长着高大的马尾松，还有阳桃和橄榄树。这里静极了，又很清凉。

这里长着那么多的野菇！林中的草地上，树根的旁边，野菇排列成小小的队伍，生长出来。

多么美丽！好像童话中的世界一样，野红菇从泥土中钻出来，它们撑着小小的红伞，到这草地上来游玩。雨后的草地散发着清香……我还看见许多蚂蚁，在红菇的小伞上，来来往往地爬着……

5月，雨后的早晨，到林子中去，你会看到很多好看的红菇。带一个篮子去，你会采到满满一篮子的野菇呢。

百合花

夏季来了。百合花开放着喇叭形的花朵。它的花瓣，雪一般的洁白。

我看见一只红色的蜻蜓，展开透明的翅膀飞来了，停在这雪白的花瓣上休息。

我看见一只暗红色的瓢虫飞来了，它像一颗红豆。它停在百合花的长形的绿叶上休息。

夏季来了。我看见百合花开放着喇叭形的花朵。它的花瓣，雪一般的洁白。

油菜花

我们的菜园里种了许多油菜。

阳光洒满菜园，使得那里显得又光明又美丽。雨水不时滋润泥土。油菜长大了，长得十分好看。

风在林梢吹着笛子。金丝鸟在树枝上唱歌。蜜蜂在菜园里飞来飞去，唱着对于工作的赞美诗。油菜长大了。现在，油菜开花了。

现在，油菜开花了。她们的花瓣是浅黄的——十分好看的花！她们把这些花瓣当作手帕，大家看啊，当风在林梢吹起笛子的时候，油菜花便挥着黄色的手帕跳起舞来了……

树苗

我们坐船，只有一个钟头，便上岸改乘公共汽车进城去。这条公路是去年冬季刚刚开辟的。

公路多么平坦。公共汽车开得多么快。两边的电杆、田野和山冈都飞似的向后退去。但是，最引起我们注意的是公路的两旁，整齐地种植着许多树苗。每一棵树苗都围着小竹篱来保护它。公路是新开的，这些树苗也是春天时才种下的。它们是果木。有李树、桃树，有柑树，也有桑树。啊，这条公路将要变成一条广阔的、美丽的林荫道，要变成一个长长的果园，和城市连接起来……

在车上，我不禁唱起歌来，别的同学，不知怎的，也唱起歌来。车上的人，都向我们笑着。我们的辅导员，也向我们笑着。

（首发于《园地》1957年6月号，署名修能，收入《竹叶上的珍珠》）

麦笛

麦笛

迎着4月的天空，明媚得像成熟的麦穗的天空，在故乡的广阔的平原上，我走到哪里，我都听见麦笛在吹着，吹出花一般的音乐。

故乡的歌手呵，4月来了。果园像一顶花冠，龙眼树开放着米黄色的小花，橙花散发着醇酒一般的浓香。故乡的歌手呵，4月来了。麦田像一座天空，里面注满阳光和流动的风。呵，故乡的歌手，我听见麦笛在吹着，吹出花一般的音乐，吹出阳光一般的音乐。

把劳动的欢情，从那小小的笛管里吹出来吧。吹出劳动的欢情，吹出梦和收获的甘美。一往情深地，把音乐的阳光和花瓣，洒在我们自己的土地上，洒在我们自己劳动又由自己收割的土地上，洒在我们自由的国土上。

4月来了。在故乡的广阔的平原上。我走到哪里，都听见麦笛在吹着，吹出花一般的音乐，吹出南方的阳光一般明媚的音乐。

4 月

云絮浮在空中，好像一只蓝酒杯中泛起的泡沫。太阳挂在空中，好像一朵发光的向日葵。白蔷薇开放在崖边。鱼穿过柔软的水藻，游过水中。杜鹃花开放在斜坡上。

橘子花开放在果园中。而我们的田野里，麦穗成熟了。

呵，4 月，容光焕发的 4 月，花的 4 月，高唱着光荣的颂歌的 4 月。

果园

4 月的果园，美丽得像一个婚筵。那里，花和花们在诉说着香味和蜜的爱情。而我，借着空中的风和日光，默默地献出我的祝福。

4 月江行

江岸上。

传来急跑的脚步的声音。

水位涨了。这时候，是出发的季节。这时候，是扬帆的季节，是木筏寻找它们的梦，开始远方的旅行的季节。这时候，应该出发的都出发了。

糖厂

从浓密的树林后面，一直升上来，在蓝色的天空里，画着一朵一朵墨色的莲花。

从浓密的树林后面，一直升上来，在蓝色的天空里，被风吹着，好像无数柔软的墨色的绸带在飘扬。

从浓密的树林后面，不息地喷发出来，一直升到蓝天中，那墨似的浓烟——

有强烈的糖的香味，有正在酿造的蜜的甜味。

哦，我们村里的巨大的蜂房，掩映在绿荫中的、我们村里的造糖厂呵。

从你，我看见新的花朵，在故乡的天空中开放；从你，我看见新的田野，在祖国的土地上伸展！

（首发于《热风》1957 年 7 月号，收入《叶笛集》）

莆田城郊

　　来到这里，正是冬天。在这里，季节里却好像没有冬天。看，腊月里蜜蜂还出来采蜜。

　　呵，秀丽如画的小城。你被花和绿荫所环抱。你被明媚的阳光所照亮。你为香味所熏陶。

　　你的城郊，青色的河流纵横交错，有如蛛网。番薯田开放着蓝色的小喇叭花，蚕豆花吐着醇酒似的浓香。而芬芳的荔枝林，和检阅台前的步兵行列似的甘蔗田，仿佛要淹没了你的广大的、美丽的平原。

　　蓝得像玻璃的天空，从古老的塔尖后面升起来，呵，那一道一道墨似的浓烟，是从哪里喷发出来的呢？那浓烟里吹来强烈的糖的甜味。哦，那是造糖厂以烟囱的大笔在写着它的诗篇。

　　呵，祖国南方一个小小的城市，你是祖国手掌上一颗小小的明珠。

　　（首发于《大公报》1957年9月3日，收入《叶笛集》）

夜宿泉州

温馨的、有点潮湿的、南方的夜降落在城市的林梢和屋檐前。一轮新月好像一朵橘子花，宁静地开放在浅蓝色的天空。

城市在闪耀着它的宝石似的光辉，散发出豆蔻一般的香味。泉州，你经历过多少风险，珍藏了这样多的珍宝！呵，那林立的牌坊，那雄伟的东塔和西塔，那开元寺紫云大殿后面希腊哥林多式的廊柱雕刻，大殿前面平台基石上古埃及式的人面兽身的浮雕，那以青色花岗石建筑的、具有古叙利亚建筑风味的清真寺……它们怎样越过时间的长河，掩映在你的林荫中，在月色里默默地沉思？

轻风从旅馆的窗口悄悄地吹过。呵，那风中仿佛吹来大海的凉气和港湾里夜潮的喧腾。泉州，时代过去了，我仿佛还能看见你的港湾里布满古代的船舶。那从波斯湾和印度洋出发的帆船的队伍，它们照着太阳上升的方向，来到你这里。那从婆罗洲和摩鹿加群岛出发的商船的队伍，借着大洋的季风，鼓起它们的风帆，来到你这里。泉州，时代过去了，我仿佛还能看见你的仓库里堆满各色的货物，笼罩着乳香和没药、咖啡和可可、檀香和蔷薇水的香味。我仿佛还能看见在你的码头上，在你的街道上和小巷里，横过绿色的稻田，走动着世界上各种肤色的人们；呵，那从西里伯群岛前来的旅队，身上还披着热带太阳的芬芳和明月的光辉，我仿佛还能看见那从亚历山大港来的水手，给你带来非洲地带的爱情和音乐，那从恒河流域前来的僧侣，给你带来印度梵文的佛典，那从波斯湾沿岸前来的商人，给你带来菠菜的种子，撒在你的河边和田野里……呵，那还是人类航海的黎明时期，越过漫长的中世纪，泉州，在长久以前的时期，你便是世界海岸的一个中心。在漫长的历史年代里，中外文化的交流，在这里开放美丽的花朵。呵，我仿佛触摸得到一幅地图：在这上面，泉州，你好像林荫中的一朵金玫瑰，披着月色在那里闪光，发出深沉的香味。

古老的城市！南方的 4 月的夜晚，是多么的甜蜜呵。这个晚上，我想，我是不想睡觉了。泉州，让我站立在这窗口，永远守望着你。我想，我不是这里的过客，我好像是世代生长在这里的；我爱这里的一切。泉州，我缅怀你的过去，我千百倍地爱你的今天！呵，在传说中曾经开放过雪白的莲花的古桑树呵①，你正是见证：泉州，今天是变得更加美丽了。我看见学校的窗户，像开放在花棚上的紫藤花一般地开放着，那灯光像海面上的渔火一样地闪耀。我看见华侨新村的房屋和它的阳台，建筑在斜坡上，周围围着竹篱，又被古老的龙眼树林的夜色所环绕。我看见梨园戏剧团的楼房，紧靠着郊区；向前走去，那里有美丽的河流和古老的石桥。我看见车站灯火辉煌，最后一班的班车已经到站了吗？有亲爱的海外侨胞搭这一班车到家乡

① 泉州开元寺有一棵古桑树，从唐代活到现在，犹枝叶茂盛。民间传说，它曾开过白莲花。

来省亲吗？我看见郊外的田野有如海洋，4月的麦浪在明月下有如海波在荡漾。我看见果园有如蜂房，花在结果，果在酿造甜汁。我看见烟囱的手臂伸到明澈的夜空，我听见厂房里的轮子和压榨机在唱着新的歌……呵，这一切，都是我所爱的，让我歌唱这芬芳的土地上新的爱情，新的建设，树立起来的新的纪念碑！

让我伸出手来，把你整个抱在我的两臂里：

泉州！晚安！

（首发于《大公报》1957年9月3日，收入《叶笛集》）

九龙江

你是祖国南方土地上一条蓝色的银河。呵，在你的两岸上，我看见一个果园连接着一个果园，好像一群开花的星座，连接着一群开花的星座。

呵，4月来了，接着5月又来了。我看见菠萝的锯齿形的叶丛，好像一朵朵绣在地毯上的图案，沿着矮矮的土墙生长。绮丽的、芬芳的、繁华的果园呵，我看见柚树盛妆着有如结婚的新娘，她们的花冠上有万千朵香花。我看见绵延数十里的芭蕉园，好像绿色的水晶宫殿，中间悬挂着万千盏紫红色的宫灯。① 我看见龙眼树的林梢，有万千支的龙眼花，一支龙眼花，就像一颗出现在空中的彗星。

蜜蜂在嗡鸣。蜜的王国，花的王国呵。我看见蜂房沾满花粉。我看见蜂房好像万千注满的玉杯，醪一般的蜜，好像要流下来，滴在软柔如柳絮的草地上。

在这里，我觉得花比星还灿烂，蜜浓得像爱情，果实香得像酒窖似的熏人欲醉。呵，九龙江，你是一条流动在地上的银河，你的两岸有无数开花的星座，无数祖国的果园的宫殿，由我们用双手建筑起来。

（首发于《萌芽》1957年第11期，收入《叶笛集》）

---

① 香蕉的花苞，紫红色，如灯。

故乡画册

冬季

在我的故乡，冬季是不会降雪的。青色的果园里，龙眼树的绿叶散发着清香。远处起伏的山顶，棕榈在风中摇摆，苍松和翠柏用树枝拭拂碧空。

清泉流过草地。溪水在林中喧腾。翠菊在水边开花。阳光照耀，青藻随着水流在小涧里风似的漂荡。

在那临近山岗的田地里，冬麦吐青，油菜蓓蕾。看季节在这里是不会凋零的。常青的故乡！

呵，故乡水草丰茂的冬季，严寒无法封锁的冬季。

水磨

古老的水磨，你的木屋什么时候涂上新的油漆？你的屋顶什么时候铺上红色的瓦片？而在你的石阶的两旁，仍旧长着濡湿的青苔。

在你的木屋旁边，有一棵高大的榕树。它的棕褐色的须根从空中垂到你的屋顶上。它也许比你更老。它能告诉我，今天，你为什么如此容光焕发？榕树上有鸫鸟的窝。那善歌的鸫鸟能告诉我，今天，你的心境为什么显得这样朗亮？

阳光照耀。呵，水流雪白如练如绢，从斜坡上面的水道间冲激下来。迎着冲激的水流，你的木轮转着又转着，在挥动着风，在不息地向四处挥出珍珠一般的水花，在喷射着发亮的水雾。而木屋里的石碓，咿唔咿唔地唱着，现在正在磨着谁家的面粉呢？

我们村里古老的磨坊，我听见你的歌唱，我听见你在阳光和水流间唱着一阕青春的欢歌。

糖厂的烟囱

我们村里有一座糖厂。它建筑在我们村里的河岸上。它的四面都是浓密的荔枝林和甘蔗田。它为芬芳的绿荫所环抱。一条新开的公路，也是穿过绿荫通到糖厂前面来。

我们村里有一座糖厂。它有四个高高的烟囱。这高高的烟囱，高过我们村里的荔枝林，它们仿佛还要伸出我们村里最高的榕树的林梢，它们好像要一直伸到高空中去，要去攀住太阳。

我们村里有一座糖厂。它的高大的烟囱，不息地吐出黑色的棉花似的浓烟。夜间，你看不清那浓烟，只看见那里的空中，不息地吐出许多飞舞的繁星，好像天上的星星是从那里放射出来的。

我们村里有一座糖厂。它被围抱在浓密的树荫中。它的高大的烟囱突现在空中，白天吐出浓烟，夜间射出星星，人们看

见突现在空中的烟囱，和夜间在飞舞的星星，人们穿过树荫走到糖厂前面来。

侨办小学校

在故乡乡村里，到处可以看到华侨捐资建筑的校舍，兴办的学校……

那一幢一幢的校舍，掩映在相思树和松林的绿荫中。那教室的玻璃窗在阳光中闪亮，那墙基用青色花岗石一层一层砌起来，那红瓦的屋顶和两旁高高翘起的鱼尾形的屋脊，有闽南建筑的特殊风味。

——呵，这学校的每一个窗户，一砖一木、一石一瓦，好像都寄托着海外侨胞对家乡的问候，对祖国的爱情，寄托着他们的关怀和期望，回忆和思念……

从教室的窗口，传来一阵一阵稚气的朗读声。

从那砌着绿色栏杆的走廊间，传来一阵一阵歌声。从游戏场里，传来跳绳和滑木梯的声音。那在广场前面升起的国旗，在风中呼啦呼啦地飘扬，呵，仿佛是从这飘扬的国旗下面，传来一阵阵洪亮的钟声……

我们的渡船驶过海峡

早晨，我搭上我们的过渡汽船越过海峡。从窗子里，我看见海中停泊着我们的海军炮艇。

呵，我们的海军炮艇！

我看见一个水兵站在艇上打旗语。他用两把小旗表达的语言，告诉我的是什么呢？呵，我看见一只小小的驳船，像箭一般地载着一位海军军官，从对岸向炮艇驶过来了。那位水兵在打着旗语，欢迎他们的首长度过假期从陆地上回来吗？

呵，停泊在我们的海峡中间的海军炮艇！

我看见那只小驳船靠近炮艇了，我看见那位海军军官从艇舷旁放下的钢梯走上甲板，哦，他回到自己的海上的家，时刻思念的家，回到这庄严的、亲爱的、战斗的炮艇上来了。

呵，我们的炮艇！

我看见那位海军军官，接着便和艇上另外两位海军军官一起走到艇前的甲板上。海面的阳光照耀着，呵，他们的制服好像海鸥的羽毛那么洁白，他们的胸前挂着望远镜，他们的肩章，好像在浪上跳跃的阳光那样发出金光……

呵，停泊在我们的海峡中间的海军炮艇！

在艇上开始进行早晨的操练吗？我看见那位海军军官把望远镜举到眼前，他在调度视程！呵，他把我们最遥远的海洋调到眼前在观察！这时，我看见站在炮位上的水兵们，把炮衣脱下，把我们的巨人的手臂一般的炮口，高高举向天空……

早晨，当我搭了我们的过渡汽船越过海峡时，我从窗口看见海中停泊着我们的海军炮艇！

（首发于《人民文学》1958 年 2 月号，收入《叶笛集》）

海的随笔

我对于海的看法

我觉得海是美丽的。因为它广阔，它像无垠的麦田后面升起的蓝天那样，看不见边际。因为它容量极大，"百川归海，海却不满"。

因为，我看见我们的船在海上航行。

海有……

海有潮汐。

海有无风的晌午。有娴静如处子的月夜。

海有豪华的日出奇景。这时，我看见海像一座万顷的蔷薇园。

海有一颗炽热的心，在那广阔的胸膛下面。不论在什么时候，我都看见它是那样的落落大方。

沙滩

我们眷恋着海。我们守卫海。

我们细小，而我们的心是金色的。我们聚集起来，围绕着海岸。我们日夜守望着海。有海的声音的地方，便有我们。

海藻

我吸收海洋的日光，海洋的雨露。我经历过海上最巨大的风浪。我生根在坚固的礁石上。我生长在海洋中。

我是海哺育长大的水草。我是海的女儿。我招呼浪，我招呼海上的没有遮拦的太阳光……

搁浅的船

它需要风，它需要浪。没有风和浪，它的生命便只剩下木造的外壳，它的帆也只能卷起。

让潮水把它从浅滩上送到海上去吧。让风唤起沉睡的白帆。

作为船，正是风和浪赋予它以飞驰的生命，正如太阳把生命赋予空中的飞鸟。

致水手

从你前额上深刻的皱纹，我知道你曾经千次万次征服了海上的巨浪。

从你的浓密的、深黑的眉毛下面，放射出的目光，炯炯如炬，我知道海上最险恶的暴风狂雨之夜，也不会使你迷失方向。

人·海

看到海，想到海的无私，我真切地想到无私的人的智慧和尊严；想到他的大胆的想象力；想到他的雄心和意志；想到创造的光荣和欢乐；想到对于理想的探索和追求，永无休止……

想到船的创造，在人类历史上的出现；想到人类第一次的出海和对于海的征服……从那时起，由于人的勇敢和无休止的开拓，海结束了它的洪荒时代，而预许了今天的繁华。

（首发于《文汇报》1958年3月3日，收入《你是普通的花》）

写在闽北的深山丛林间

闽北风景

闽北下过雪。我来到这里，却遇到冬季里最晴朗的日子。森林是蓊郁的、高大而绵密的、苍翠的，从陡峭的山巅一直绵延到深深的狭谷中去。而从蓝色的空中射下的阳光，纷纷散落在树顶和林荫间，好像黄金色的雾浮动在绿色的海波上面，闪闪发光。

火车站坐落在这左右都是峰峦的小山村里。富屯溪蜿蜒地冲过水中众多的滩岩从村前流过，滩声哗响。离火车站约三里许，便是国营林场。那里，森林更加茂盛，古老而且深邃。这天晚上，我住在车站附近一家小旅馆里。这旅馆显然是应着铁路的通车和旅运的日益繁荣，在没有多久以前才开设的，好像还散发着油漆的气味。这附近还有几家新开的旅馆和小食堂。夜间星月交辉，月光从窗户间射进来，宛若水银泻在地板上。天气和白天不一样，十分寒冷。山风一会儿吹着，一会儿又静止下来。不知怎的，我想到这小山村沐浴在月光中会多么美丽呵，想到外面定是一个银光世界，那绵延不尽的峰峦，像用银镀过的一样，那深溪像透明的酒浆在流动，而森林则一会儿喧哗，随风摇晃着，一会儿又充满着夜间的无比深沉的寂静。

月亮已经沉落。气温好像更加下降了，在天亮前一刻，愈见寒冷。这时，旅馆里突然一阵喧嚣。旅客在打水洗脸，"火车快到了，快！"操着浓重的闽北口音。哦，我知道了。昨晚和我一起在旅客登记簿上登记的，有五位闽北山区的农民，他们中间还有一位是区委书记。这位区委书记从他的口音听来，好像是山东南下的干部。呵，他已经在这闽北的深山丛林间落户多少年了？他们住在我的邻房。昨晚直到我蒙眬入睡时，还听见区委书记和那几位农民在谈论着；我没有听清他们谈论些什么，只觉得他们谈得那么激奋又那么沉静，谈得那么胸有成竹又充满着自豪感……现在，他们要赶搭火车到哪里去？也许他们是参加了地委召开的劳模会议，现在要赶回区上去，要赶回自己的农业社里去？也许他们要去参加水利会议或别的什么技术训练班，党要进一步提高他们……

我跟他们一起起来。过了一会儿，火车滑过铁轨的有节奏的轮声，咔嚓，咔嚓，由远而近。汽笛鸣叫，接着，火车进站了。这顷刻间，山峦和溪谷，森林和溪流，在拂晓的朦胧里，仿佛一齐醒过来。一对雉鸡拖着长长的尾羽，越过月台上面微微发亮的天空，向溪流对岸的林梢飞去。火车只在这里停留十分钟。我看见许多旅客从这里上车。有陆军军官。有操着浙江口音的菇客。有水利干部。有贮木场的工人和林场的流运工人。有水文站的干部。有自己挑着医药箱的牙科医生。在车站的灯光下，人影幢幢。我看见那位区委书记背着背包，和那几位农民，跟着许多旅客一起上车了……站长在列车前挥着小旗，火车头粗声地喘气，汽笛鸣叫，轮声响动了。

这时，太阳也上升了。山间的白昼好像是瞬息间浮现出来的。当曙色从朦胧中把淡墨画似的山影和树林的轮廓描绘出来时，群山上面的天空立刻从乳灰色变成深蓝，阳光带着金黄和玫瑰红，又照耀在山巅和林梢了。哦，这是山区的霜冻的早晨。铁轨的枕木，堆积在车站前面，贮木场的好像方形木塔的木材，都像撒了一厚层晶莹的粉末。我一眼所及的一丛丛墨绿的尖顶的杉木林，树干上也好像敷上一层银屑。这中间有数棵落叶的高大枫树。全树都凝满银霜，只有丛生在树干上的凤尾草，显出和杉树一样的深绿。耳中听得见玻璃破裂似的清脆的细声，那是草丛间积水结成的冰，冻了一夜又开始溶化。空气中仿佛在蒸发着一种淡蓝的亮晶晶的轻霭，融在森林的暗绿中，融在灿烂的阳光中。

晴朗的早晨！呵，多彩的、深沉而激发人心的山区的早晨！这葱茏的山林和大地是多么美好呵。在这一眼看来便知道是无穷丰富的深山和丛林里，工作和劳动，开发新的土地，是多么的光荣和幸福呵。我默默地思念着搭了火车而去的那位区委书记和那几位农民，甚至想起了那位挑着医药箱的牙科医生……尽管我都不认识他们，不知怎的，我总觉得他们和这山区的光辉的前途，是那么密切地联系在一起。一种尊敬之情从我心中油然而生。

化工厂

在浮游着白云的蓝天下面，沙溪拍着嶙峋的、铁锈色的礁石，激起无数的水花和泡沫，哗哗地往南流去；在二十多里以外，它将和建溪汇合，湍急地注入闽江。溪中漂流着无数的木筏。紫燕和白胸脯的沙鸥在水面低低地飞掠着。在对面的溪岸上，烧瓦窑在冒烟。一团一团的浓烟，袅袅地升上杉木林的树梢。风吹着，又低低地弥漫在溪面上。

在溪流的这边，铁路和公路并排地沿着溪岸向前开展过去。货车在公路上飞驰着，卷起一团一团的灰尘。货车过去以后，一切又显得那么寂静；森林中的风声，溪岸下的滩声，清脆的山禽的鸣声，仿佛在主宰着这里的一切。

看不见烟囱。没有听到马达和机器的轰鸣。我几乎怀疑我已经走错了路。

"XX 化工厂"，指路标显然呈现在我的眼前。但是，我仍旧看不见厂房。眼前没有任何迹象足以使我相信这附近有一座我们的工厂。我再往前走，这才看见公路旁有一条可驶一部大吉普的黄土坦道。路口有一座用杉树枝叶搭成的彩门，上面贴着金纸剪成的大字"庆祝元旦"。但彩门上的金字、杉树叶都已发黄、褪色。不管怎样，我想往这条路走进去，可能找到厂址的。

往黄土路走进去，两旁显得多么清幽呵。这实际是向一条狭长的山谷中走去。谷底的梯田里，冬麦在发青，长得已有五六寸高了。山泉沿着小水道潺潺地流淌。阳光在杂生着竹丛的杉树林的空隙间闪烁。有几片朱红色的落叶从枯树上掉下来，在风中旋转着。我没有想到，在路旁树林的草地上，不知名的野草正在开放着黄色小花。

走了十多分钟，黄土路趁着山势转个弯。这时，我看见前面有一座木造平屋，门前有一个岗警。我把介绍信递给岗警，他微笑地指示我走向厂房的道路。这时，我已经嗅到一种辛辣的焦油似的气味。道路往倾斜的山坡爬上去，于是，我看见山坡上面一排一排齐整的厂房，烟囱在吐着浓烈的、深黑和焦黄色的烟……哦，在我们的山区里发展的工业呵，它是在如此深静优美的环境里建筑自己的厂房呵。

这是一个专产炭黑的化工厂。它的全部厂房就建筑在这狭长的山谷后面削平的山岗上。它给我一种特殊的感觉，是这里所有车间、附属工场、试验室、职工宿舍、工人俱乐部和高高地悬在空中的水塔，几乎都是用当地的木材建筑的。呵，这是一个建筑得多么朴素的工厂呵。可是，这里生产的炭黑的质量，已经达到先进水平。我看到了厂长。他也是这个厂的工程师。他是那么谦逊。开始时，他几乎没有谈到他们的研究成就。其实，我早已从别人那里知道，这个厂所创造的分子稀释法炭黑机所生产的炭黑，不但质量优良，而且这种炭黑机每台每小时能产炭黑十一公斤，比原来的炭黑机增产十一倍；能减少原料油百分之十，木炭百分之四十。

我祝贺他们的成功。

"从我厂试验分子稀释法炭黑机的成功，说明党能够领导一切，而且必须领导一切。"厂长沉静而有些激动地说，"一年多来，党一直关心我们的试验；从精神到物质，直到技术上的支持和帮助我们，这才克服了各项困难，终于得到成功！呵，可不是吗？正像日夜和我们一起坚持试验的一位老工人所说的：当我们碰到困难的时候，一想到党便浑身是力量，便信心百倍，坚信我们的事业一定成功。可不是吗？我们正是在党的鼓舞下前进的！"

他紧紧地握了我的手。我感到他的粗糙的手，是那么温暖。

我跟着厂长参观了他们的一个造木箱的附属土场。我问他："炭黑就用这木箱装运出去？"

他笑起来了。没有想到，他突然笑得那么天真："运到上海去。用这木箱，装运到上海大中华橡胶厂去……"

上海大中华橡胶厂？名字多么熟悉！我的情感像被什么触动了一下，我想起了，大中华橡胶厂是我国出色的生产轮胎等的工厂，而炭黑是橡胶工业的重要原料！

树林里显出一种冬日里特有的清新气象，周围的杉树干上闪烁着阳光透过树叶的斑点。我向四周张望，这个工厂看来四面都是青翠的峰峦和树木，越过林梢，望得见深溪像蓝绸似的发亮。而在这幽静的山林深处，我们的地方工业在发展着，在支持着祖国其他地区的工业，在飞跃前进……

（首发于《文艺月报》1958年4月号，收入《叶笛集》）

沿着溪岸，往前走……

沿着溪岸上的公路，往前走……

像闽北所有的溪流一样，溪，水流湍急，能够冲击一切的阻难似的，冲击着凶险的滩岩往前奔驰；溪，深蓝又透露着碧绿，映照着两岸高峻的山，苍郁的丛林……

沿着溪边的公路，往前走……

还是那么高峻的山，一重又一重。还是那么郁绿的森林，好像绿色的墙，高高地筑在路旁。鸟声婉转。多么僻静、深幽的所在呵。在前面……从深林后面，有一道一道强烈的浓烟升起来——是什么？发生了什么事？难道是森林起火……

不，不。沿着这溪岸旁边的山沟里走进去，哦，那里有我们的地方国营机器厂。山上盖了一座座厂房和宿舍。我还没有看见过，在什么地方，有这么多的树林环绕着的工厂。高大的枫树，树顶上，山鹊还眷恋不舍地把窠造在那里。高大的樟树，树干上爬满青苍润湿的苔藓的羊齿类植物。一排排齐整的、尖顶的杉树。厂房并不漂亮，都是木板盖成的。可是，就在这僻静的山沟里，就在这看来是那么简陋的工厂里，为了支援山区农业生产"大跃进"，工人日夜劳动着。他们制造了水轮泵、双轮双铧犁、切薯机……各种各样的农业机械。他们制造的农具和农业机械，不仅支援了当地的农业生产，还支援了外省；远在浙江和河北，都有供销社派人来订货。以水轮泵的生产来说，1957 年他们才生产一百台，今年就要完成两千五百台的订货！呵，这是怎样的速度呵！

呵，在这深山丛林里，我忽然感到，人们是怎样地抓住时间的骏马，往社会主义的前程飞奔！

沿着溪边的公路。往前走……

还是那么高峻的山，重重叠叠。还是那么苍郁的大森林，密不见天地高耸在山巅。山鹰在森林的上空盘旋，水禽在滔滔奔流的溪面飞掠。多么深幽的所在呵。

在前面……为什么有那么多的人群？大喇叭在响。有铁路工人，有民工，有聚精会神地站在三脚架前测量着什么的技术员，哦，有那么多的人在挑土；那里，临时搭了一道一道木造的天桥：一边搭在山腰上，一边搭在扎在溪边的木桩上。人们就从这木造的天桥上挑土而过，真像愚公移山似的，把山后的黄土和岩石挖下，挑来倒在溪边的荒地上……

哦，我们的水泥厂原来就在这里。巨大的烟囱，高高的水塔，一座一座仓库似的厂房；皮带引着飞轮在转动，空中弥漫着棕褐色的烟雾和细粉末。是的，在这里，生产着可以塑造巨大的桥墩、高楼、和铺筑成平滑的马路的银色的金粉：水泥。人们在这里"向天争时"呵！劳动定额不断被突破；原定计划今年要增产熟料两千吨，可是，保守的定额在这里都是站不住脚的！工人们响亮地提出：要增产一万吨！争取一万两千吨！

也在这里，铁路工人和民工一道，要从这里的山腰里开一条轻便的铁路，和附近的鹰厦路干线相接，更快地把那成千成万吨的银色的金粉运送出去呵……

呵，在这深山丛林里，我忽然感到，人们是怎样地抓住时间的骏马，往社会主义的前程飞驰！

沿着溪边的公路，往前走……

走了十里，又走了二十里，三十里，哦，沿着溪岸，沿着这绵延不尽的山脉，在那遮蔽天日的深林中，在过去是穷乡僻壤、野兽出没，只有三五户人家居住的山沟深谷里，一个一个的工厂奇迹似的出现……是的，沿着这溪边的公路，往前走，那里还有我们的化工厂；它生产的炭黑——橡胶工业的重要原料——在质量上，已经达到国际的先进水平；还有我们的松香厂：它把芳香的树脂提炼得更精纯，这在化学工业上有极广阔的用途，而这里生产的松香，质量已超过美国……还有我们的各种小型的砖厂、水力加工厂、锯木厂、发出银光的水电站……

呵，在这深山丛林里，社会主义工业化的花朵，正把它的花瓣舒展开来，迎着灿烂的阳光，四处洋溢着芬芳……

沿着溪岸上的公路，往前走……

像闽北所有的溪流一样，溪，水流湍急，能够冲击一切的阻难似的，冲击着凶险的滩岩往前奔泻。溪，深蓝又透露着碧绿，映照着两岸的峻岭和丛林，映照着从深藏在深林里的工厂里冒起的浓烟……

沿着溪岸上的公路，往前走；溪，仿佛在亘古的幽静中，唱着雄壮的歌，我们这个时代的雄壮的颂歌。

（首发于《热风》1958年5月号，署名修能。收入《叶笛集》）

在莆、仙采集民歌的一些感受

4月下旬，我在莆田、仙游两县访问了一些农村俱乐部，还参观了中共莆田县委宣传部所举办的创作展览会。在这中间，我着重了解农村中群众创作，特别是民歌的创作情况。

正如《人民日报》社论所指出的，这是一个出诗的时代。在莆田的瑶台乡、厝柄乡、梧塘乡等处，群众在"双反双比"运动中所写的大字报，大半是以墙头诗出现的；我所经过的地方，看到贴在城镇街头和乡村土墙上的标语，也几乎句句是诗的语言，真是琳琅满目，美不胜收。"处处出现李有才"，就我所访问过的仙游、莆田的若干农村山区来说，也说明这已经成为今天群众文艺生活中的重要特征。仙游农村中有不少有才能的女歌手。仙游龙华乡建华社七十岁妇女下张妈、赤荷乡农业社女副社长方阿妹（四十余岁）等所编的民歌小调，都在当地广泛流传着。我在莆田瑶台乡中心俱乐部见到几位老农，是当地的民歌能手。瑶台乡人口一千六百七十四人，据初步统计，能编民歌和进行口头创作的，便有三四十人。有一首歌颂跃进的民歌：

跃进跃出百倍干劲

　　　　跃进跃出劳动群英

　　　　跃进跃出千般好事

　　　　跃进跃出万象更新

　　　　　　　　　　　　　（莆田梧塘乡）

　　在我们这个时代，在我们农村中，不仅在劳动生产战线上，"跃出劳动群英"，人才辈出；在文化艺术战线上，也出现了"农村气象新，四处传歌声"的蓬勃气象。劳动人民的聪明才智在诗歌领域内发芽开花，民歌万紫千红，出现了不少出色的民间歌手。

　　人民对于这种"万象更新"的社会主义春天，对于这种令人无比振奋的社会主义光辉生活，首先想到党和毛主席：

　　　　月光光，月光光

　　　　中国出了毛泽东

　　　　遍地开红花

　　　　到处歌声朗

　　　　　　　　　　　　　（莆田儿歌）

　　在莆、仙两县的一些俱乐部和莆田县创作展览会上，我读过一千多首的民歌民谣，绝大部分是"大跃进"中出现的作品。所有这些民歌民谣，几乎都与他们的革命行动和劳动生产任务密切结合着，反映了现实生活的瑰丽多彩，表现了人民的豪迈的英雄气概和革命的乐观主义精神，高昂激奋的斗争意志。他们的诗歌是这样产生的：

有了千斤的思想
就能打下千斤稻
有了亩产千斤粮
就把千斤歌来唱

（莆田郊下乡七步社）

深深地植根于现实生活中，"有了亩产千斤粮，就把千斤歌来唱"，有了豪迈的思想，生活在豪迈的现实斗争中，就唱出豪迈的诗歌。因此，读了人民在建设社会主义的幸福生活中所创作出来的这些诗歌，确实使人耳目为之一新，革命志气为之激发起来。而作为一位文艺工作者，同时也在艺术思想上受到生动深刻的教育。

我自己的家乡在莆仙地区，我在莆田的山区待过。"石如铁，人似钢""雨越大，志越强；劲头足，冒寸施工逞英雄""决心磨烂石头，困难见我发愁""抓晴天，抢雨天，一天当三天，一人当三人，老年当青年，苦战三昼夜，实现车子化""日间人声震山谷，夜间灯火照天红，攻破两大山，击碎五小山"……当我读了这类民歌，当我读了这些表现了家乡山区人民征服自然、与山上的顽石以及与雨季的困难作顽强不屈的斗争的歌谣，面对着这种发光的诗句，不仅有说不出的亲切感，确实也使我感到无比的振奋。我是这样想的：正是社会主义时代人民豪迈的英雄气概跃然于诗句之间，正是这些诗歌满溢着这个时代的气息，它才具有巨大的艺术力量。

莆田、仙游两县有一部分土地，处滨海地区。那里土地比较瘦瘠。但是民歌这样唱着："干群一条心，海土海苔变成金。每亩达到千二斤，不获全胜不收兵。"所谓"与天争时，与地争利"，诗歌里正表达了人民勇敢、聪明、乐观、顽强的性格和生活风貌。莆、仙两县地处亚热带，果木成荫。可是，在旧社会里许多果园山林都落在地主、富豪之手；有了适宜于发展果树作物的天然条件，但也往往果园荒芜，产量品质逐年降低。这次我回到家乡去，看到许多荒山已经开垦，到处造林，到处种植凤梨、龙眼、枇杷……树苗茁长着，真是"高山远山森林山，近山低山花果山"。有关果化、绿化的民歌，更是美不胜收，如：

果化遍农村

枇杷龙眼到处种

荒山变成绿花园

农村变成花姑娘

又如：

千年秃子岭

百年和尚山

全面来绿化

松柏把寿添

民歌便是如此鲜明地、生动地把我们无限美好的现实生活描绘出来呵。我到莆田、仙游时，正值这一带的平原地区插秧大忙的时候，技术改革运动在大力推行着。田间的识字牌上写着密植插秧的规格，农民兴高采烈地在使用划行器、插秧器等新式农具。民歌唱着：

> 插秧技术新
> 划行密植如墨绳
> 杭绸湖绉皆减色
> 大地绣锦是农民

像这样的诗，确实只是三言两语，便把人民向生产大进军的自豪感充分表达出来了。

我谈的只是对我所看到的一部分莆、仙民歌的初步感受。我还来不及比较全面地来分析这些民歌的思想内容和艺术表现上的特点，我的水平和我目前所掌握的材料都不允许我这样做。但是，我真切地感到，大量的、成千上万的民歌涌现到我们的文坛上来，这是社会主义文艺运动中一件天大的喜事。它在政治上，在生产上，在推动我们整个社会生活方面，在促进文艺运动的发展，特别是新型诗歌的发展上，都将起不可估量的作用。

（首发于《热风》1958 年 6 月号）

风力水车

那在空中游荡的风，你把它呼唤过来。

那在天上推动着云行走的风，你把它呼唤过来。

那在林梢吹着呼哨的风，在树林间捉迷藏的风，那从山谷里刚刚跑到我们的田野里来溜达的风，你都把它们召集在一起。

呵，好像海上的风帆一样，有着白色的翅膀的风车，好像童话中的白鸟一样，张开白色的翅膀的风车，我看见你把四面八方的风，把它们所有的力量和智慧都集中起来了。

于是，我看见你在那里飞旋着又飞旋着；我看见你好像一朵巨大的白玫瑰，开放巨大的白色花瓣，在半空中飞旋着又飞旋着；我看见你好像一个巨大的太阳，从空中降落在我们田野里的林梢，在闪闪地发着白光，在飞旋着又飞旋着。

于是，在你的下面，搭在溪岸上的水车，便把水流像飞瀑似的吸到岸上来，把从山间流下来的、万年不竭的清泉，像飞瀑似的吸到岸上来：

灌进我们的万顷的良田里呵！

（收入《叶笛集》）

闽南乡村妇女

你们戴着红花的头巾，在开着蓝色喇叭花的番薯田里翻土，在甘蔗田里除草、在树荫下挤牛奶；

你们戴着红花的头巾，挑着长形的木桶，到芭蕉园里浇水；

你们戴着红花的头巾，在山边割草，在水边淘米，在菜园里摘菜；

你们戴着红花的头巾，在河里驶船，船上载着喷发香味的干草；

你们戴着红花的头巾，在公路上推着双轮木车，车上载着打成长条的花岗石；呵，你们嘴上挂着微笑，运载这些石块，要在村里建筑水闸吗？

你们戴着红花的头巾，手中携着闽南工艺的精巧的有盖的细篾竹篮，篮中盛着饼糕、点心。呵，你们唇边堆着微笑，在田塍上走着，手中携着这竹篮，是要去看看刚从南洋归来的叔公，还是要到娘家去看看姑妈呢？

呵，伟大的女性形象：勤劳和善良，你们的心灵像这南方的土地一样美丽。

（收入《叶笛集》）

渡口

渡口的石级顺着溪岸的斜坡，直通到溪滩上。山溪是清澈的。水流绕过一堆堆的溪岩，回旋奔驰过去，激起四溅的水花，哗哗作响。

不时有水鸟掠过水面。有人说，从溪岸边的草丛里，有时会碰见成对的鸳鸯游泳出来。

天上散着绛色的早霞。太阳未升。渡船刚刚开到对岸去，那边是一个九十多户的山村，原为一个农业高级社，现在是公社的一个生产队。村里一大片狭长的倚山的田畴，早稻波浪一般泛着金黄，快成熟了。从淡淡的轻雾中，看得见有一条公路从村前伸展而过。村尽头还有一个小汽车站。

溪的这一边，是一个有三千多人口的集镇。公社化以后，和对岸的山村属于一个公社。

渡口上，等候过渡的人，又一个一个地来到了。首先来到的是对岸村碾米厂的李师傅。他一个人扛着一部地瓜磨粉机。他在岸上望见渡船刚刚驶过去，口里喃喃埋怨自己："嘿，只差一步。刚才不抽那袋烟便好。"

他刚从镇上的农具厂带回这部木质地瓜磨粉机。村里正设立一个小型水电站，由他负责安装机件。刚才农具厂的会计员

请他抽一袋沙县烟丝，以致差了一步没搭上这一趟的渡船。

他捐着磨粉机，一步一步走下渡口的石级。这时，村里小学校的陈老师也赶来了。她的爱人在镇上人民银行办事处工作。他们结婚没有多久。她星期天到镇上，星期一一早赶回村里。

女教员会唱歌。她声音嘹亮地喊着："李师傅，我帮你一起抬下去。"

"陈老师吗？不用，不用。"

李师傅一边回答，一边快步如飞地走下石级。他把磨粉机放在溪滩上，便一屁股坐在一块圆石头上。

女教员也走下来了。她携着一个塑料的淡蓝色提包，里面放着牙膏、巾和几本连环画。她站在溪滩上，用手遮住额角，望见渡船很快便要靠近对岸的渡头了。

溪水静静地冲击着溪滩，一阵带着泡沫的水浪冲上溪滩，冲击着，又退下去。

"陈老师，坐下来等吧。"李师傅说。他五十开外，古铜色脸腔，两道黑浓眉，有时给人一种严峻的感觉。他的眼神却使人感到和蔼、亲切。

女教员用手帕拂一拂身边一块光石头，轻捷地坐下。这时，东边山岭的林梢升起太阳，早霞消退了。溪水被阳光照耀得明晃晃的。年轻，新婚不久，和一种被生活所唤起的快乐思想：这位山村小学校的女教员，眉宇间浮现着惬意和微笑。

"陈老师，你说，我家的那个狗尾怎样？他顽皮得很吗？"李师傅看她坐下，认真地问。

"挺顽皮。孩子们都挺顽皮。有的喜欢抓泥鳅，有的爬到树上掏鸟窝。有许多小孩子喜欢看连环画。也有一些女孩子一下课便学编毛线，编得一塌糊涂。孩子们都有自己的兴趣啦！"女教员说。她微笑着，心里想，自己对于孩子们的情况还是熟悉的。

"我那个狗尾怎样？爬到树上掏鸟窝？"

女教员忍住笑。她忽然想起，为什么要给孩子起这么一个好笑的名字？她想起了在一次家庭访问中，知道狗尾是李师傅最小的孩子，才十一岁。"你那个狗尾嘛，算术不差，"女教员装着平静地说，"就是喜欢乱涂乱画。最近他画了一幅水电站。把村里建筑水电站的场面画下来了。画大家在挖水渠，筑坝，还把你也画上了……"

"什么？这孩子，把我也画上了？"

女教员愉快地笑了，"画上了，他画了你拿着一把计算尺在量渠道，脸上两道浓眉毛，旁边还写'爸爸的眉毛'几个字呢。"

"这孩子，得敲他的指骨头！"李师傅说，不觉用手触摸一下额下那两道黑浓眉，微笑起来。

"说不定他以后会成为一个画家呢。"女教员轻声地说。她心里想，那幅画倒是画得很有生气，她感到自己还是疼爱这样的孩子的。

这时，溪岸上又有人跑来了。他远远便喊着："陈翠玉！陈翠玉！"

"谁呵？"

女教员抬头一望，原来是镇上卫生所的化验员小王。他和女教员的爱人都是福州人，分配在这闽北山镇里工作。这位小王还是除"四害"的积极分子。现在，他便背着一大串小小竹管，有点像小小二胡的竹管——捕鼠器，乒零乒啷地跳下石级，口里还哼着除"四害"山歌。他一直坚持着，经常过渡到对岸去，把这山区人民用竹管特制的捕鼠器，放在山田里捕田鼠，还在村里培养了不少捕鼠的积极分子呢。

当前，快夏收了，早稻快上场了，他又开始这种活动。他背着一大串小小竹管——捕鼠器，口里唱着除"四害"山歌，乒零乒啷地跳下石级。

"嗳呵，渡船还没开过来！喂，李师傅，你也在这里——哦，村里水电站筑成了？这磨粉机就要安装上了？喂，陈翠玉，你怎么不唱个歌呵？"

看来这位卫生所的化验员小王，除"四害"的积极分子，是一位爱讲话的小伙子。他一来便东一句西一句地说着话。他把那一大串捕鼠器从背上往身前一拖，便在沙滩上畅快地坐下来了。

溪水静静地冲击着沙滩。一阵带着泡沫的水浪冲上沙滩，冲击着，又退下去，又冲上来了。

女教员调皮地问："小王，不，捕鼠能手，昨天的成绩怎么样？"

一问到捕鼠，小王认真起来了。"昨天嘛，捕到四只，前天，抓到七只。同志，成绩不小呢。"

"算你的。四只、七只，说是成绩不小……"

女教员努着嘴。她真的认为，这怎么能算是成绩不小呢？

"难道能像刚刚开始那样，像去年才发动除'四害'时那样，一天捕到几百只，才算战果辉煌吗？现在，一天还能捕到四只、七只，同志，这说明除'四害'一点不能放松，要经常化，一定要让这啮齿类动物绝子绝孙。况且，现在早稻快成熟了，我们的除'四害'大军一定要——出动！喂，陈翠玉，我说，你怎么不唱个歌，动员你的老公（即爱人）一起出动呵？喂？"

"呸！"

女教员笑着。她总觉得这位小王有时认真，有时又突然向你开玩笑。李师傅一直听着这位小王说着，他倒一下子感到这位化验员、这位年轻小伙子身上有许多可爱的东西。李师傅抽出烟管，在石头上磕着，抽起烟来，他感到这位有点好动的小伙子，身上有一种坚持不懈的毅力，一种可敬的责任感。

小王忽然又站起来，急忙地把那一大串小小竹管，那捕鼠器背在身上。他望见对岸的渡头上，许多人仿佛都走上渡船了。他用两手当喇叭喊着："喂，摆渡的啰——把船撑过来啰——"

他的声音响亮。山溪、四面的山峦和树林，仿佛都在回应着。在阳光照耀下，看得见有许多人已经下船了。

渡船转了一个弯，向这边驶过来了。

"来得巧，来得巧，渡船开过来了。"

溪岸上，又有两个人赶来了——

这两人，看来是外乡人。一个四十来岁。一个是年轻小伙子，二十多一点。他们的脸孔，都晒得黑黑的，穿着草鞋，肩上挂着一包蚊帐，又背着背包。这两个外乡人，一走下石级，看见李师傅他们，便像熟人似的打招呼："你们都在等渡船？"

"对呵。"小王代替大家回答，又问，"你们到对岸去搭汽车吗？"

"不是。我们是出来检查电话线路的，沿途走着看看。现在要到顺昌去。"那个四十来岁的外乡人说。

"到顺昌去？这还要走四十多里路，一路走着，又辛苦啦。"李师傅关切地说，"你们是从哪里来的？"

"我们是从福州邮电总局来的，"那个年轻小伙子说，"我们一组一共十多人，大家分头检查线路。我们已经出来一个多月，走过闽北好几个县了。"

"那你们要爬过多少山，涉过多少水呵！"女教员说，微笑着注视这两位跑远路的同志。

"现在闽北山区，可不像从前呵。路上真热闹。你走到哪里，都会碰到建设山区的人们。什么地质勘探队，森林调查队，建筑森林铁路的民工，造纸厂的工人，香料厂的技术员……可多啦。有时，碰不到住处，便住在地质人员的帐篷里——哦，渡船过来了！"

那个年轻小伙子说着，整一整他的背包。

这时，渡船靠岸了，摆渡的把竹篙一下插在渡头上，船上许多人都下来了。最先跳下来的是厦门大学经济系的几个同学，他们住在村里已经一个多月，他们是来调查研究村镇商品流通情况的。接着，村里养蚕场的两位养蚕姑娘跳下来，她们去年还到江苏去学习养蚕的先进经验呢。接着，专区来的野生植物调查队的几位同志也跳下来了，他们背着标本箱，这么早便出发了……

"早呵。"

"你早，你好！"

大家互相问候着。小王帮着李师傅把磨粉机搬上渡船，又推让着，要那两位检查线路的同志上渡船，接着又向大家叫嚷："让这位女同志先上船呵！""听你的！"女教员说。大家都上船了。渡船开了。

太阳照耀着山溪。太阳照耀着渡口。阳光照耀着山峦和树林、田野。溪水哗哗地流着。在远远的溪岸边，草丛里，谁也没有发觉的，真的有一双鸳鸯游泳出来，一双有彩色羽毛的鸳鸯游泳出来了。

太阳照耀着渡船。渡船绕着溪岩，顺畅地往对岸的渡头开过去了。

（首发于《收获》1959 年第 6 期，收入《山溪和海岛》）

森林简便铁路

5月23日。星期六的下午。宿雨初晴，闽北的林区的周末。

这里是王台至洋坑口的森林简便铁路的起点。一条无名山溪流到这里，注入富屯溪。那溪流里有多少木材！那简便铁路的两边堆叠着多少木材！木材堆叠在那里，好像方形高塔，又好像很高很高的瞭望台。

那些系着红领巾的小学生来了。他们身上有松节油和柠檬桉的香味，哦，他们是香料厂的工人，他们也来了。贮木场的工人来了。穿着蓝色的防水衣的流运工人来了。棕片厂的工人来了。

操着山西口音，这林区的公社党委书记老李同志来了。老李同志带着一位闺女——这位闺女，嘴上老是笑着，她穿着红袜子，蓝花洋布衫，十八九岁。她是谁呢？

原来这位闺女的未婚夫是一位转业军人，分配在洋坑口伐木场工作。她路远迢迢地从山东来到这里，要和她的未婚夫会面……

公社党委书记恰好要到洋坑口去，便带她一道去。

好得很，我们的森林简便铁路的小火车快开了。驾驶员坐上驾驶座。他的助手，一位十七八岁的姑娘，初中毕业生，肤色黧黑，健康结实，听说去年12月间才开始学习驾驶这小火车，现在已经学会了。她带了一件雨衣，也坐到驾驶座上了。"同志们，我们大家坐好。"驾驶台的门，"砰"的一声响，咔嚓，咔嚓，我们的森林小火车开动了。

（星期六的下午。森林铁路的小火车，载着这么多的客人，开进森林里……）

每一棵树都按照自己的习惯和所喜欢的姿态，站立在山岭上。那一棵一棵整齐地站立着的、连绵不尽的杉树林掠过去了。那几棵高大的枫树掠过去了。那几棵开放大朵白花的不知名的高树掠过去了。森林铁路是沿着山溪，向山岭和森林中间伸展而去的。那溪流像白练似的掠过去了，又掠过去了。一会儿，那条小山溪忽然隐没了，出现了山岭中间的一片开阔地。一层一层的梯田，一个小小的山村，许多互相偎依的村屋，它们都从车窗外面掠过去了。一会儿，小火车又挨着削平的山腰开过去，接着那条小山溪又出现了。啊，那溪岸下面有一座磨坊，它的水轮在飞转着又飞转着，把水花像珍珠一般向四面洒……

那位从山东来到这林区，想和未婚夫会面的闺女，一直向车窗外面看。她看到这里的土地多秀美！她感到这里的山多高，又多苍翠！这里的树林多大，多密！她感到这里的山怎么会长出这么多的树木！哦，她到这里来，要和她的未婚夫会面。她感到自己的未婚夫在这么美好、有这么多的森林的地方工作，是多么幸福……她嘴上老是笑着，一直向窗外看。

党委书记也往窗外望着。他的脸上浮着笑意。他和那位山东闺女坐在一起。

"喂，同志，你觉得怎样？我们福建的森林可真了不起呵！"

党委书记正向那位闺女问着，他操着山西口音，他把"我们福建"说成"我梦福疆"——一下子车厢里许多人都高声大笑起来。

这车厢里的人，多半都知道老李同志。大家知道他是山西人，1949年南下来到福建……

党委书记发现大家在笑他，他也开朗地笑起来："我原籍山西。山西汾阳嘛。我们那里出酒的。可是，我在福建工作，不知从什么时候起，这样说惯了。对了，我想问一下，我愿意一辈子在福建工作……噢，你们同意吗？"

"那可好呵。"

"欢迎！欢迎！"

大家喊道。

"一辈子在福建工作，"党委书记说，"譬如，一直在这林区工作，那我应该也算是福建人，对吗？"

"算！算！"

几个红领巾喊道。他们听过这位党委书记，在他们学校说过在太行山打日本鬼子的故事……

"算！算！小朋友们说得对。"党委书记愉快地说。接着，他又问那位山东闺女："喂，你觉得怎么样？我们福建的森林可真了不起呵！"

山东闺女向党委书记点点头。她的嘴上老是笑着。她感到这位党委书记多有趣，多亲切。她感到这些工人多开朗。他们和党委书记相处得多好，多亲热，这些小朋友多活泼可爱。哦，她到这林区来，要和自己的未婚夫会面。她感到自己的爱人，能和这许多富于感情的、开朗而快乐的人们在一块工作，是多么幸福。她的嘴上老是笑着。她向党委书记点点头。

这时，小火车突然停住了。有人喊道："溪后乡到了。"

有一部分工人和几个红领巾在这里下车了。"再见，再见，党委书记。""再见，再见，同志们。"

咔嚓，咔嚓，森林小火车又往前开动了。那一棵一棵的杉树掠过了，整座整座的、越来越浓密的杉树林掠过了。那一大片山岭间的盆地、一大片的稻田和层层的梯田掠过去了。一大群火红的山斑鸠在田间寻食，它们都掠过去了。苗圃掠过去了。在那山坡上的树林之间，建筑着那么多的楼房，白的粉墙，红的屋顶，大大的玻璃窗，还有球场。哦，那是设在溪后乡的林学院。林学院的校舍掠过去了。建筑在那山麓和稻田之间，许多互相偎依的村屋掠过去了。那高高的山顶上，掩映在浓密的树林间，露出白色的圆形屋顶，仿佛还看得见那里有天线和风向仪。那是气象台。哦，我们的气象台一下子掠过去了……

"同志们，我们相信，这一带地方，将要变成一个城市，兴建成为我们福建的第一座林业城！"

党委书记望着窗外。他回过脸来，兴奋地、愉快地说道。

"福建的第一座林业城！那可好呵！"

红领巾和几个工人喊道。那位山东闺女笑着……

"我们要在这里兴建许多工厂：木材加工厂、造纸厂、纤维厂、林产化工厂……兴建这些工厂，我们便能够把这里的森林和野生植物，什么树根、树皮、花、果、叶，能够利用的统统利用起来。我们要在这里兴建公园、电影院、工人俱乐部、图书馆、林业医院、运动场。我们要在这里开辟街道，设立商业区，有人民银行，有新华书店，有百货公司的高楼、理发厅，有邮电局。现在我们这里有林学院、气象台，我们将来还要设立许多林业科学的研究机关。我们这里现在有森林简便铁路，还要兴修用机车拖的森林铁路，我们还要多修几条汽车路、木轨道、架空索道……"

一位红领巾说："我们一定到工地来帮忙，运木料运砖……"

"好呵。大家一起下决心，力量就大。"

党委书记老李同志欢快地说道。

一位香料厂的工人问党委书记："我想问一下，那时我们选举你当林业城的市长，可行？"

党委书记开朗地笑了，"这个，市长人选问题可不能规划进去啊……"

大家又都高声地笑了。党委书记又问那位山东闺女："喂，同志，你觉得怎样，在这林区兴建一座林业城，那有多么好……"

"那真的有多么好啊！"

那山东闺女开口高声回答——她忽然害羞起来，笑着把脸孔藏起来……党委书记更加开朗地笑了，他感到这位新来的山东闺女原来是多么活泼……

这时，小火车又停住了。有人喊道："洋坑口到了！"

工人和红领巾都下车了。党委书记下车了，山东闺女跟着他下车了，驾驶员和他的助手，那位十七八岁的姑娘，也从驾驶台上跳下来了。

哦，这地方又是怎样的一番景象。看啊，那重重叠叠的山岭，更加高峻了，一个山岭连着一个山岭，一个山谷连着一个山谷。那参天的森林，更加浓密了，一座森林连着一座森林。看啊，在那高峻的两座山岭之间，横跨过一条长长的深幽的山谷，一层，二层，三层，一层叠上一层，一共三层，差不多有七十多米高，高高地用木柱错综地支撑起来的大木桥——哦，那是木轨道。木轨道上面铺着草皮和厚厚的泥土。那木轨车上面载着高高的木材，间隔有次地，一部跟着一部在这木轨道上行驶着。啊，那一大捆一大捆地扎起来的木材，怎么又会在空中飞行着？哦，那是架空索道，它横跨过山谷的上空，用钢索把木材送下来……

党委书记老李同志带着那位山东闺女往这林区的森林中走去了……

森林小火车驾驶员的助手，那位十七八岁的姑娘，初中毕业生，把雨衣往身上一披，这时一直站着，望着党委书记带着那位山东闺女，抄过小路走向伐木场……

这位姑娘是党委书记动员她去学习驾驶这小火车的，党委书记曾经带着她，亲自交给她的师傅……

5 月 23 日。星期六的下午。宿雨初晴，闽北的林区的周末。

1959 年 6 月 21 日，福州

（首发于《人民文学》1959 年 8 月号，收入《山溪和海岛》）

厦门抒情

在厦门我看到木棉树。它在 4 月间开花。高大的木棉树开花时，全树好像点上一朵一朵的火焰。木棉树，人家也叫它英雄树。

在厦门我看到凤凰木树。它在 5、6 月间开花。那也是灿烂得像一片红霞，绚丽得像传说中所说的——从火焰中飞舞出来的凤凰鸟。在这里我看到银合欢树，高大的墨绿的柏树，澳洲松树，木瓜树，榕树和在 4、5、6 月间开花的夹竹桃。我看到许多楼房的阳台上，排列着一盆一盆的玫瑰花，各色各样的仙人掌。看到许多住屋的门前，种着葡萄，棚上覆盖着葡萄藤的枝条、悬挂着一串一串水晶一般的果实。有时也在葡萄棚的旁边，看到几棵向日葵。不知怎的，有时我会想到，厦门有如一只花篮。它有众多的花朵，四季盛开的花朵；它有各种树木，四季常青的树木；它的葡萄累累，它的向日葵呼唤海岛上空的太阳。呵，厦门极其强烈地表示自己的愿望：我们是热爱和平的。这里的每一朵花，每一棵树，它们都强烈地提出自己的这种愿望。

呵，城市。呵，美丽的海岛和港湾，站立在祖国南方最前哨的英雄城市。白色的海浪，像白色的百合花似的环绕着你。

在你的码头前面，有众多的驳船、双桅船和三桅船，各色各样的货船，过渡的汽艇，四面有大大的玻璃窗的敞亮的客轮。在你的港湾里，有众多的渔船，它们的桅杆上面，红色的三角形的风向旗，在风中猎猎作响，它们的布帆，有的张起，有的卷下。在你的港湾里，船只和它们的风帆，桅杆和绳缆，构成一座引人百般情思的水上的城市。我看见我们的海军炮艇，在你的海湾里航行、巡逻，我们的水兵在舰艇的甲板上打着旗语。我看见我们的海军舰艇箭一般地开行时，后面激起两道雪白的水浪。有时会看见浅红色的河豚随着被激起的浪花在水面作弧形的跳跃。厦门呵，你们强烈地表示自己的愿望：我们是热爱和平的。

美丽的海岛和港湾，我们祖国南海的英雄城市。我们的党和我们的人民，在这里进行着怎样令人激奋的社会主义和平建设。把耸立在这海岛山峦上的岩石，用炸药爆破，把山劈开，又把这山岩来填海：劈山填海，呵，在这里创造了当代生活中无比壮丽的神话。建筑了全部用花岗石建筑起来的海上长堤。在这海堤上，在这跨过大海和陆地相连的长堤上，通过一条铁路，通过一条和它并行的公路，那可以宽畅地同时行驶两部汽车的公路，两旁还有广阔的人行道。货车、公共汽车、长途客车在这横跨过大海的长堤上奔驰，向站在岗亭里的交通警察致敬，你一会儿摇着红旗，一会儿摇着绿旗。哦，我看见从海外回来的华侨青年男女同学，他们骑着自行车，从海堤上奔驰而过。他们到郊外去野餐？他们到市区去访亲会友？他们结伴去参观华侨博物馆？海风呵，凉爽地吹拂着衣襟的海风！请告诉我们的海外侨胞，他们的可爱的子女，骑着自行车从这海堤上奔驰而过了。摩托车从这海堤上奔驰而过。火车鸣笛，我们的火车冒着白色的浓烟，从这海堤上奔驰而过。海风吹着火车头上冒起的白烟，那白烟融化在蔚蓝的天空和金色的阳光中。火车，火车！不，列车长，列车长！请告诉我们的司机，把火车开得慢些，那火车上的每一个车窗，它的窗帘都拉开了，旅客们都从车窗里向外看。他们看见海堤的一边是茫茫的大海，海堤的又一边是什么？哦，是海湾被拦腰截住，是海堤和海岸共同围起来的一个巨大的人造湖：看呵，雪白的海鸟，有很长的白色翅膀的海鸟，拍着浪花浴着阳光，在水面飞翔；看呵，白帆点点，在这茫茫的人造湖上轻轻移动；看呵，那边有许多人在建筑什么？在海堤边的人造湖畔筑着水闸吗？他们在兴建潮力发电站……厦门呵，你强烈地表示着我们的愿望：我们要建设，我们要和平。

美丽的海港和海岛，站立在祖国南海最前哨的英雄城市。我们的党和人民，在这里进行着怎样令人激奋的社会主义和平建设。我们在这里建设橡胶厂、鱼肝油厂、化工厂、机床厂。还有罐头厂：它把我们果园里的甘美的波罗蜜、荔枝、枇杷、龙眼、水蜜桃，把我们菜园里的番茄、四季豆，把我们海洋中的鲳鱼、黄瓜鱼、马鲛鱼，还有海蛎，制成两百多种的罐头。我们在这里建设现代化的盐场。我们在这里建设现代化的糖厂、钢厂、平板玻璃厂。还有纺织厂，它要给我们织出各色花布：给儿童们做水兵服的料子，织闽南农村妇女最喜欢的红色印花布头巾的料子，织新娘做结婚新衣的料子……厦门呵，你竖立的烟囱，每时每刻告诉我，中华人民共和国成立十年以来，我们的党怎样领导人民，白手起家，在这海岛上缔造幸福的生活。每一个人，都要把自己的智慧和力量，贡献给我们的事业。厦门呵，你从平地上竖立起来的烟囱和厂房，表达着我们最坚强的誓言：我们要建设，我们要和平。

在你的乡村里，厦门呵，在你的乡村里，我看见吐绶鸡昂首阔步地在村屋前行走，它张开扇形的尾巴，迎着客人；看见高大的全白番鸭，在池塘里游泳。你的土地上生长的番茄，有海上日出前红霞的光彩；你的土地上生长的四季豆和荷兰豆，有海岛上骤雨的香味。你的土地上种着萝卜，种着菠菜、芥蓝菜、胡椒和姜、茄子和苋菜。你的土地上，甘薯开着紫色的喇叭花；种着大豆、高粱和玉蜀黍。厦门呵，你的乡村经营多种蔬菜。你的村路上，有牛车，有板车，有手推独轮车走向公路；公路上行驶着载重汽车，把各种蔬菜运到市区，运到工地，运到工厂区和工人新村！厦门呵，在冬天里，你的田野里，油菜开着金黄的花朵，麦苗青青。在夏天里，花生开着金黄的花朵。愿你的油料作物取得大面积丰收。愿你的早稻和晚稻都取得大面积丰收。这几年来，我有机会到你的乡村里来，例如，我有几次到了何厝乡——我知道，1956年，合作化高潮到来的时候，这里叫前线高级社；去年，1958年，"大跃进"的年头，公社化运动到来的时候，这里许多村子，好几个农业社，组织了前线人民公社。我知道，农村正沿着幸福的、富裕的康庄大道飞奔前进！厦门呵，你的田野和每一个村庄，都强烈地表示自己的坚强信念，我们要生产劳动，我们要循着党指引的道路勇敢

前进，我们要和平！

　　站立在祖国南海最前哨的英雄城市，你的港湾和每一座山岗，你的田野和村庄……都在警惕着！登上你的山顶，不，只要站立在你的海滩上，我们便看到金门岛，在这前面，便是台湾海峡！美帝国主义的黑色军舰，霸占着我们的台湾海峡！在美帝国主义的罪恶的操纵下，蒋介石集团窃踞着台湾、澎湖、金门、马祖。台湾海峡阴风惨雾，敌占岛上，我们的同胞在水深火热之中……美帝国主义可耻地阻挠我们解放自己的领土，而且不断地向我们挑衅！厦门呵，你是站在祖国南海最前哨的英雄城市，全国人民和全世界爱好和平的正义人民，全力支持你的斗争。1958 年 8 月 23 日！我们的光辉的日子，自豪的日子！万炮震金门，我们把美帝国主义挑起的军事挑衅和威胁整个亚洲和平的阴谋粉碎了，我们把蒋匪帮沉重地惩罚了一下。向福建前线英雄的三军致敬，向英雄的前线人民致敬。厦门呵，全国和全世界人民都欢呼你的胜利。

　　在厦门我看到木棉树。高大的木棉树开花时，全树好像点上一朵一朵的火焰。木棉树，人家也叫它英雄树。在厦门，我天天和英雄的人民在一起。厦门呵，你是花朵的岛。你是幸福的岛。你是胜利的岛，战斗和英雄的岛。

1959 年 8 月 18 日于福州

（首发于《人民文学》1959 年 10 月号，收入《山溪和海岛》）

唱吧，山溪

它明亮得像一条在风中飘动的白练，像泻在林中空地上的月光。它透明得像玻璃。

湍急的山溪，它在岩石上激起的水花，灿烂好像玉蜀黍，明媚有如珍珠。

它的岸边生长着阔长叶子的水龙骨草，生长着野生的吊兰和菖蒲。它的岸边生长着野生的牵牛花，它们在夏天的早晨里，吹着紫色的喇叭。

它用吊兰和水龙骨草的叶子做成自己的披巾，上面织着牵牛花的图案。在秋天里，还绣着掉落下来的枫叶的火红的图案。它是闽北深林中的一条山溪。它的眼睛像向日葵那么明亮。它会唱歌。

它的歌声里，有夏季降落在森林中的骤雨的音韵，有马尾松在风中吹动的音韵，有森林上空的太阳，对杉木林的赞美诗情。

它的歌声里，有山苍子的种子和杉果被风吹着，落在坡上的声音，有整座森林呼唤太阳的哗响。

有时，山鹧鸪飞来唱一支歌，应和着它的歌声。啄木鸟在林中应和着它的歌声。一只彩色的雉鸡从草丛里走出来。雉鸡带领着一群雏鸡：一群有十多只的小小雏鸡，从它们自己的草丛中的道路上走出来，倾听着山溪的歌唱。

山鹰在峭壁和森林的上空，盘旋和飞翔。山鹰飞得很高。山鹰在一朵朵的白云中间，倾听着它的歌。

泉水在林中草地间，在山坡上的岩隙间，倾听着它的歌声。泉水唱着自己的抒情诗，应和着山溪的歌唱。

呵！它是闽北深林中的一条山溪。它披着用吊兰和水龙骨草的叶子做成的披巾。它的眼睛像开花时的枇杷园那么明亮。它会唱歌。

林中的刺猬坐在马尾松的根上，倾听它的歌。山鹿从山谷间箭一般地疾驰而过，山鹿忽然站住，倾听着它的歌。

它是闽北深林中的一条山溪。它的岸边有一座磨坊。磨坊的水轮不断地飞转，水花向四面洒。磨坊的水轮不断地飞转，散开的水花仿佛一条用珍珠织成的围裙。在磨盘下面，大麦的粉，像乳汁一般地流下来。勤奋的磨坊呵。

湍急的山溪，我听见你唱了一支关于溪边的磨坊的赞歌。

呵，它是闽北深林中的一条山溪。沿着它的溪岸，一条傍着山腰，向闽北森林深处伸展而去的森林铁路兴建起来了。开始时，我们林区里一位党委书记来了：他在倾听着森林老工人谈着什么呢？他随手在路旁摘了一根野草，那有长长茎梗的野草，在手中摆弄着，和那些森林老工人一边走着，一边谈论着一些什么呢？跟踪而至，我们的工程测量人员，掮着水平仪和标杆，也来了：他们摇着红旗，站在一把大大的雨伞下面，对着三脚架上的仪器观察着什么呢？跟踪而至，四乡的民工来了，铁道兵来了，炸药在山岩间爆破，一簇一簇云朵形的，伞形的，松菌形的，浓黑的和浓灰中带着硫黄色的烟柱，在山岭和森林的上空升腾着……接着钢轨运来了。湍急的山溪，我们闽北深林中的山溪，我知道，这时候，你的心多么激动。你倾听着，又倾听着。你的眼睛像太阳那么明亮。你歌唱。

那节日的激情和欢乐。那森林中的节日的繁忙。那建设的胜利的欢情。那红色的绸质的旗，浅绿色和淡黄色的绸质的旗，在森林中飘扬。满脸红光的林区党委书记，四乡会集而来的盛装的男女老少，林区小学校的红领巾，贮木场和伐木场的工人，林学院的学生，他们都来了。

你披着用水龙骨草和吊兰的叶子做成的披巾。我记得那一天溪边的野蔷薇盛开着白色花朵。你的披巾上绣着蔷薇花的图案。

呵，那森林铁路的小火车，第一次在这森林铁路的钢轨上轰轰然地开来了。那森林铁路的小火车，第一次运载着一节一节堆叠得高高的木材，运载着林中的丰收，轰轰然地开来了。节日的旗帜，红色、淡绿色、浅黄色，又是红色的旗帜，在林间和森林铁路的两旁飘扬。一切的欢乐和激情，感戴和最美好的祝愿，一时间内都化为欢呼，响入云霄，庆祝森林铁路的通车……

这时候，你唱着一支怎样激越的歌呢？山和森林，啄木鸟和涧边的小小蜻蜓，樟树，雉鸡和它的一群小小的雏鸡，天上的太阳，都要求你把这一支歌再唱一遍，再唱一遍。你以胸中的全部激情，全部欢乐，歌唱森林中的建设的胜利。你歌唱的时候，我看见你的披巾上，蔷薇花都飞舞起来了。

你的眼睛比开花时的枇杷园还明亮。呵，我闽北深林中的一条山溪，当你歌唱的时候。

你一再地歌唱森林，和运载一节一节堆叠得高高的木材的森林铁路的火车。你歌唱我们森林铁路的驾驶员，歌唱那位驾驶员的助手，高小毕业生，十七八岁的姑娘。你一再地歌唱森林，你的歌声，有整座森林呼唤太阳的喧声。

你的歌声更加圆润了。让我注视你的眼睛，当你歌唱的时候，你的眼睛明亮得有如太阳。

你的歌，唱着每一个到林区里来的新客。你歌唱着到森林中来的气象工作人员心中的爱情，他们的心胸宽阔得能够容纳满天的星斗。

你完全理解他：那位白发苍苍的、矍铄的森林学老教授。他那一颗心，红得像木棉树的花朵，炽热过于炭火。他怀着对新社会的全部爱情和对森林科学研究的全部热情。他经过这林中草地时，你唱着，他倾听你的歌。

在暮春的早晨，那些来采野蘑菇的儿童来了。我听见你唱歌。

那些林学院的学生来了。有男的和女的。我听见你唱歌。一只画眉鸟在杉树的林梢，应呼着你的歌。泉水在坡上的岩隙间，应和着你的歌。

呵，它是闽北深林中的一条山溪。它披着用吊兰和水龙骨草的叶子做成的披巾。它的披巾上有牵牛花的图案，枫叶的火红的图案。它的披巾上，绣着蔷薇花的图案。它的眼睛明亮。

我们闽北深林中的一条山溪。我倾听着你的歌，我爱到心中了。我是多么的欢乐呢。

1959 年 3 月

（首发于《新观察》1959 年第 19 期，收入《唱吧，山溪》）